成長チートで 11
なんでもできるようになったが、
無職だけは辞められないようです

時野洋輔

イラスト　ちり

イチノジョウ／
楠一之丞
シーナ三号

ニーテ
ピオニア

テト
ミネルヴァ

成長チートで
なんでもできるようになったが、
無職だけは
辞められないようです
11

時野洋輔
イラスト　ちり

新紀元社

もくじ

これまでのあらすじ

異世界アザワルドで【取得経験値20倍】【必要経験値1/20】という成長チートと、無職のまま複数の職業に就けるバグの恩恵を得て、新たな人生を始めた青年イチノジョウ。妹の行方を追って旅を続ける彼は、魔王竜と死闘を繰り広げることに。失ったと思った仲間のシーナ三号を意外な形で取り戻し、魔法都市マレイグルリへと向かうが……。

登場人物

◆異世界・アザワルド◆

イチノジョウ／楠一之丞《いちのすけ》

異世界に転移した20歳・無職の日本人。女神から天恵を授かる。

ハルワタート（ハル／ハルワ）

白狼族の剣士。イチノジョウと奴隷商館「白狼の泉」で出会う。

キャロル（キャロ）

奴隷の半小人族《ハーフミニヒュム》。魔物を引き寄せる「誘惑士」だった。

マリーナ／桜真里菜

仮面着用時のみ大胆な人格になる大道芸人。もとは日本人。

シーナ三号

人造迷宮にいた機械人形《オートマタ》。機械人間《サイボーグ》となった。

ピオニア

試験管から生まれたホムンクルス。

ニーテ

キス魔のホムンクルス。

◆地球・日本◆

楠《くすのき》ミリ

一之丞の妹。明るくてしっかり者の中学生。前世はファミリス・ラリテイ。

アザワルドへ

ダイジロウ

異世界に転移した元日本人。かつて魔王を倒す。

ジョフレ

お調子者の剣士。エリーズの恋人。

エリーズ

魔物使い。ジョフレの恋人。

鈴木浩太

輝く白い歯のイケメン聖戦士。もとは日本人。

◆女神◆

コショマーレ

一之丞に「取得経験値20倍」の能力を授けた女神。オーク似。

ライブラ

秩序と均衡の女神。絶品カレーを作る。

トレールール

一之丞に「必要経験値1/20」の能力を授けた、怠惰と賭博の女神。

ミネルヴァ

薬学の女神。いつも死んだ魚のような目をしている。

セトランス

戦いと勝利を司る女神。

プロローグ

その場所で、ひとりの少女が本を読んでいる。

しかし、その動作は読書をするというより、むしろ捲《めく》っているだけに近い。

常人ならば内容を理解するどころか、ひとつの文章を認識することすら不可能。動体視力の優れている人間でも、馴染みのある単語に時折反応できる程度だ。授業中に本の端に描いたパラパラ漫画を見るときでも、もっとゆっくりと捲るだろう。

しかし、ボブカットの彼女は、一冊あたり五秒にも満たない時間で、書かれている内容を正確に理解していた。

まさに神業といえる技術。

そして、その表現はいい得て妙だった。

なぜなら彼女は女神だから。


――生命の女神、テト。


女神のなかで唯一、自分の迷宮をたったひとつしか持たない女神でもある。

その理由は、彼女の仕事量にあった。

彼女はひたすら、目の前に現れては消えていく、これらの本を読み続けなければいけないからだ。

それは終わりの見えない、途方もない作業である。

そのため、迷宮踏破ボーナスや迷宮の管理に費やす時間を、ほとんど取れなかった。

しかし、とある事情により、すべての女神は迷宮を持たなければならないため、彼女も一番安全な場所に、迷宮をひとつだけ持っている。

そんな彼女の世界に、ひとりの客が訪れた。

「……ミネルヴァ、来たの」

その来客の存在を知り、テトは小さな声で言った。

「はい。仕事が終わったので、報告にきました」

いつもは死にたがりのミネルヴァだが、彼女の前では死にたいとは口にしない。

それどころか、その言葉は非常に丁寧だった。

なぜならテトは、ミネルヴァにとって上位の存在であるといえるからだ。

本来、六柱の女神の間には先輩後輩の関係はあっても、上位下位という決まりはない。

しかし、ふたりの間にはそれがあった。

それは、ふたりしか知らない理由であり、ミネルヴァは決してテトには逆らわない。

「……報告にしては遅かったね」

「すみません」

女神の間では読心術は使えないが、しかし、予想はできる。

「……ごめん、コショマーレに怒られた？」

「いいえ、ライブラに」

「……あぁ、ごめん」

テトは謝罪した。

ミネルヴァがライブラに怒られた原因は、テトがミネルヴァに頼んだ仕事にあるからだ。

それは、ミネルヴァの持つネクタルを、イチノジョウという少年に届けさせることだった。

本来、女神は迷宮踏破ボーナス以外、人に道具を渡すことを禁じられている。

かつて、テトはトレールールに頼んで、ホムンクルスの核をイチノジョウに届けさせたこともあった。

そのときトレールールは、規則の穴――つまり、ただ貸し与えただけという屁理屈を述べて、説教から逃れた。しかし、今回はそうはいかなかったらしい。

ネクタルは消耗品だし、しかもイチノジョウは、もらったネクタルを自分で使うだけでなく、知り合いにも配ってしまったのだから。

「でも、必要なことだったのですよね？」

「……わからない……メティアスの残したメモには、そう書いてあった」

ミネルヴァの問いに、テトは首を横に振って言った。その間も本を捲る手は止まらない。

メティアス。未来と知識の女神。

そして、運命の女神。

失われた七柱目の女神——否、一柱目の女神の名だ。

彼女が遺した、世界を守るために女神たちに課せられた課題。

そのうちのひとつが、イチノジョウにネクタルを届けることだった。

「あの、テト様。皆に協力してもらったら、もっと早く仕事が終わるんじゃないですか？」

「……ダメ……メティアスがいなくなった原因がわかるまで、決してほかの人を頼ることはできない」

テトは言った。たとえ、ほかの女神でも——否、読心術の通じないほかの女神だからこそ、信用することができないと。

「……私ひとりでも頑張る」

「あの、テト様。私は？　私も頑張っていますよね？」

「……私ひとりでも頑張る」

テトは決意も新たにそう言うと、黙々と本を読み進めた。

来るべきその日を、来させないために。

第一話　マレイグルリに

魔王竜との戦いから数日が経過した。

皆、シーナ三号の復活——機械人間《サイボーグ》化したことを喜んで迎え入れてくれた。先日はシーナ三号復活パーティということで、シーナ三号が食べたいものを振る舞うことにした。

彼女が食べたいもの——それは果物だった。

彼女がかつていた無人島で、栽培されていた果物。

シーナ三号は機械人形《オートマタ》であった頃、果物を育ててはいたが、食べることができなかった。

味はデータとして集めることはできたが、それはあくまでも数値でしかない。

甘いというものを人間がどのように感じているのか？　俺が使う思考トレースのスキルがあったら理解できるかもしれないが、機械人形《オートマタ》の彼女がコピーキャットの職業に就けるわけもなく、仮に機械人形《オートマタ》に職業システムが通用したとしても、コピーキャットへの転職条件は不明だ。

初めての味覚。

人間が持つ五覚のうち、楽しむことに特化したその感覚を初めて体験して、彼女は虜になっていた。

機械人間《サイボーグ》になったシーナ三号は、朝になっても果物を食べ続けている。数百年食べられなかった分を取り戻すかのように。

「……バナナ。うまうまデス」

バナナを口いっぱい頬張るシーナ三号を見て、ああ、彼女が戻ってきたんだと思った。

俺が起きてきたことに気付いたシーナ三号は、食べている途中のバナナを俺に差し出してきた。

「マスターも食べるデスか？」

「……あぁ、もらうよ」

間接キスだとか、子供みたいなことは言うまい。考えてみれば、彼女の皮膚も唇も、すべて俺が作ったのだから。

バナナを食べながら、シーナ三号に尋ねた。

「シーナ三号。そういえば、お前、語尾はそのままなのか？」

彼女の語尾が、似非《えせ》外国人のようになっているのは、発声機能が故障しているからだった。しかし、新たな体に生まれ変わった彼女なら、普通に話すこともできるはずだ。

「はいデス。癖デスから。三つ子の魂百までデス」

シーナ三号は胸を張って、日本のことわざを言った。

語尾が癖になっているのか。

「お前、機械人間《サイボーグ》としては三つ子どころか零歳だし、機械人形《オートマタ》だった頃を含めたら、百歳なんて数百年前に超えているだろ？」

「……マスターは、この語尾は嫌いデスか？」

「いや、嫌いではないが」

「マスターの命令ならば、語尾をキュにすることもできるでキュ」

「あざといわっ！」

まったく、シーナ三号は機械人形《オートマタ》だろうと、機械人間《サイボーグ》だろうとなにも変わらんな。

ただ、シーナ三号の不調は、嘘のようになくなっているらしい。

あと、一部機械人形《オートマタ》としての性能は残っていて、音声の録音や再生は勿論、ＤＶＤを口に入れてデータを読み込み、再生することも可能なのだとか。さすがに大勢で鑑賞する機能はなさそうだけれども、自分だけで映像を楽しむことはできるらしい。

「マスター、大きな問題がふたつ発生したデス」

「えっ⁉　なんだっ⁉」

「胸のサイズが大きくなったので、いままでのブラがきついデス」

「ピオニアに頼んでサイズの調整をしてもらえ」

決して俺の願望じゃないぞ。

目測を誤っただけだ。

「それと、首が外れなくなっているデス」

シーナ三号が自分の首を外そうとするが、それはダメだ。

「やめろ。外れたら今度こそ死ぬ！　必死に助けようとしていた奴が、自分の首を外して死亡したなんてシャレにならないぞ」

訂正。以前の頭の不調は、全然治っていなかった。

ちなみに、首は外れなくなっていたが、ホムンクルスの機能として、体を変形させる能力や、絶対的な守備力などは残っていた。

「そういえば、これ、お前の大切なものだろ」

俺は、一枚のディスクをシーナ三号に渡した。

「それは……マスター、再生したデスか？」

「いや。ニャーピースの違法コピーのＤＶＤだろ？　それを見るのならオリジナルを見るよ」

俺はそう嘯《うそぶ》いて、シーナ三号にＣＤを渡した。

シーナはそれをじっと見詰め、大事そうに胸に抱えた。

……やれやれ。普段はボケキャラのくせに、そんな表情をされると、調子が狂うな。

宿に戻り、今日、町を発つことを『ミルの宿屋』の若い女主人に伝えにいった。

彼女は裏庭で洗濯物を干していた。なぜか全部ジャージだった。どこかの運動部が合宿でも行っているかのようだ。ていうか、この世界にジャージがあったんだな。

そう思っていたら、女主人が俺に気付いたらしい。

「あ、お客様。お手紙を預かっています」

彼女はそう言って、エプロンの大きなポケットから、一通の封筒を取り出した。持ち歩いていたのか？

「お客様がしばらく宿に戻ってこなかったので、どうしようかと思っていたんですけど。渡せてよかったです」

「あぁ、ありがとうございます。それと、今日、この町を発つことにしましたので、挨拶にきました」

「そうですか。では、精算をしますね」

　精算といっても、お金を払うわけではない。

　この町に長居すると決めてから、料金は一週間分前払いしていたので、残った分を返してもらうための精算だ。

　その間、俺は受け取った封筒の中身を見る。

　グラスト様からの招待状だった。

　指定された日時は、今日の午前中になっている。

　今日の午後には、鈴木が飼っているワイバーンのポチに乗ってマレイグルリを目指す予定なので、どのみちグラスト様とは一度会うつもりだった。

　俺は精算を済ませると、急いで招待状に書かれた場所——傭兵ギルドへと向かった。

　俺が訪れたときには、すでにグラスト様と傭兵ギルドのギルドマスターのシュテファーニアさんがいて、プチ宴会を始めていた。

「盛り上がっていらっしゃいますね」

室内は酒気で満ちていて、ハルを連れてこなくてよかったと思った。

「おぉ、来たか。ドラゴンスレイヤーの英雄。ちょうど噂をしていたのだ」

グラスト様はすでにできあがっていて、干し肉を食べている。

「お主も食べるか？」

「いただきます」

俺はそう言って干し肉を受け取った。とても硬いのであまり好きではないのだけれど、断るのも憚られた。

硬いことには違いないが、結構美味しい。

「もしかして、これは魔王竜の干し肉ですか？」

「ははは、そんなわけはあるまい。これはスーギューの干し肉だ」

「国王陛下でも、そのようなものを召し上がるのですね」

干し肉といえば、この世界では保存食の役割が強い。とても硬いので、俺の周りで好んで食べるのはハルくらいだ。お肉が大好きなナナワットでも、生肉と干し肉とでは生肉を好む。

「かつては私も戦場に赴いて、兵たちと酒を酌み交わしたからな。干し肉と蒸留酒の組み合わせは、城内ではなかなか食べられるものではない。ここに来たときの楽しみだ」

そう言って、グラスト様は赤い宝石を取り出すと、そこから火を出した。

どうやら魔道具らしい。

干し肉を軽く火で炙ってから齧《かじ》り、透明の酒を呷る。

「イチノジョウさんも飲む？　いろいろとあるわよ。マレイグルリ産のワインとかもお勧めね」

シュテファーニアさんが俺にグラスを勧めてくる。

断るべきか迷ったが、

「このあと用事があるから、無理して飲む必要はないぞ。こいつの酒に付き合えば、数時間は部屋から出られない。さらに数時間は、まともに歩くことができなくなる」

そうグラスト様からありがたいお言葉を賜ったので、彼女には丁重に断りを入れた。シュテファーニアさんはつまらなそうな顔をして、ワインのコルクを抜いた。

そして、まだ蒸留酒が残っているグラスト様のグラスにワインを注ぐ。

「こら、シュテファーニア。なにをするんだ」

「大丈夫ですよ、グラスト様。飲めば一緒ですから」

シュテファーニアさんは、受付嬢をしているときは仕事ができる綺麗な女性なのに、酒が入るとこんな風になるのか。

「イチノジョウ殿、シュテファーニアに潰される前に伝えておく。ダイジロウ殿の情報が集まった。どうやら、彼女を乗せた飛空艇はドックで点検を終え、テスト飛行のあと、東に向かったらしい」

「やはりそうですか」

「うむ。これを持っていけ」

グラスト様は、俺に一通の封筒を差し出した。

「これは？」

「マレイグルリの造船ドックへの紹介状だ。飛空艇の情報は国家機密——本来であれば、中に入ることは許されない。しかし、これがあれば無下に断ることはできないだろう。ドックの中には入れなくても、ドックで留守を預かる責任者と話すことくらいは可能なはずだ」

俺がマレイグルリに行ったところで、造船ドックに入ることは容易ではない。最悪、王宮に忍び込んだときのように、不法侵入することも考えていた。

穏便に済ませられるのならば、大いに助かる。

これがもらえただけでも、ゴーツロッキーに滞在していた価値があるというものだ。

「ありがとうございます。これは、私が渡せる精一杯のお礼です」

俺はそう言って、酒の入った小瓶を一本取り出した。

それを、グラスト様が手に取ろうとする前に、シュテファーニアさんが奪い取った。

いくらなんでも、前国王に献上したものを、横からかっさらうのはやめてほしい。

不敬罪とかないのだろうか？

「これは——間違いない。本物のネクタルよ」

シュテファーニアさんは瓶の蓋を開けると、目を丸くして、本物のネクタルだと断定した。

「わかるのですか？」

「ええ。酒好きだから、利き酒というスキルを持っているの。しかも、スキルアップして利き酒Ⅱになっているから、香りだけで種類や醸造主がわかるわ」

利き酒というスキルの説明を聞いた。このスキルはランクが三段階あり、通常ランクなら一口飲めば種類や作られた年代などがわかる。ランクⅡになると香りだけでわかり、ランクⅢになれば見るだけでわかるようになる。

つまり、ランクⅢになってようやく発動条件が鑑定スキルと同じになるが、しかし、利き酒スキルによって得られる情報量は、鑑定の比ではないらしい。

それが、俺にとっては想定外だった。

「しかも、これはダンジョン産ではないわね……でも、女神様が作ったものには違いないわ」

一番知られてはいけない情報を知られてしまった。

ネクタルの入手方法を知っているシュテファーニアさんになら渡しても構わないと思ったが、ダンジョン産か、そうでないかまでわかるとは。

「…………黙っていてくれると助かります」

「ダンジョン以外で……通常なら考えられん」

グラスト様はそう言うと、シュテファーニアさんからネクタルを奪い返した。

まぁ、そうだよな。女神ミネルヴァ様から、直接下賜されたものだなんて言われても、自分のスキルで確かめでもしない限り、いや、自分のスキルで確かめても信用できないよな？　普通は。

「グラスト様、私にも分けてくださいよ。女神ミネルヴァ様ではなく、女神テト様が醸造した酒なんて、歴史上でも類を見ないんですから」

え？

テト様？

この酒はミネルヴァ様が醸造した酒じゃないのか？

グラスト様とシュテファーニアさんのネクタルの取り合いは、終わる気配がなかった。貴重なものなので、もう一本どうぞという気にはならず、とりあえずその日は、ふたりが飲んでいるワインに、ネクタルを一滴ずつ垂らすことになった。

すべての酒は、ネクタルを一滴入れるだけで、風味が格段に増すのだとか。

ネクタルの入ったワインを飲むと、ふたりとも恍惚の表情を浮かべていた。


ゴーツロッキーを出る前に、この国で使っていたゴーツ札を貨幣に換金した。百ゴーツ未満のお金は銅貨にも換金できないので、アイテムバッグの中に残してある。

そして、俺は鈴木と待ち合わせをしている場所に向かった。

ゴーツロッキーの城壁沿いに、鈴木とポチだけが待っていた。

「鈴木、お待たせ。マイルたちはどうしたんだ？」

周囲には隠れられるような場所はないし、買い物にでも行っているのだろうか？

「彼女たちは徒歩でキュピラスの丘の大聖堂に行ってから、マレイグルリを目指すことになったんだ。ほら、マイルにとってあそこは聖地だから、一度は行っておきたいらしいんだ。楠君こそ、ハルワタートさんたちはどうしたの？」

「んー、お前だから言うけど、俺は仲間を召喚する魔法が使えるんだ。だから、俺だけマレイグルリに行ってから、その魔法でふたりを呼ぶつもりだ」

召喚魔法というのは、この世界ではとても珍しいらしい。

「そうか……でも安心したよ。シーナさんがあんなことになって、楠君、落ち込んでいるかと思ったけど」

「あ……」

そういえば、鈴木にはシーナ三号が機械人間《サイボーグ》として生まれ変わったことを話していなかった。

でも、どうだろ。機械人間《サイボーグ》のシーナ三号と会わせて、彼女が機械ではなく、ホムンクルスに近い存在だと知られたら、俺が困るかもしれない。ホムンクルスについて話せば、女神様、さらには無職スキルの存在のことまで、話さなくてはならなくなりそうだ。

それに、いまのシーナ三号に会わせたら、ボロが出るかもしれない。

「あぁ……鈴木が渡してくれたカード、シーナ三号のバックアップソフトみたいでな。あれのお陰で修理できそうなんだ」

「そうなんだっ！　それはよかったよ……本当によかった」

鈴木は、本当に嬉しそうにそう言った。

「シーナさんが直ったら、是非お礼を言わせてよ」

「ああ、そのときは……な」

シーナ三号のポンコツぶりが直ることはないだろうが。まぁ、ボロが出ないように教育したら、ジョフレやエリーズにも紹介しないとな。

「しかし、マイルたちがいないなら、ハルたちも一緒に来たほうがよかったかもな。定員とか気にして、遠慮していたからさ」

「あ、ううん。実は――」

鈴木が申し訳なさそうに、俺のほう――いや、俺の背後を指さした。

振り返ると、町のほうから歩いてくる者たちが……ジョフレ、エリーズ、そしてケンタウロスだった。

あれ？　なんだ。いつも元気だけが取り柄のジョフレとエリーズの顔が、今日はやけに沈んでいる。

どういうことだ？

いや、聞くまでもないか。

シーナ三号が自爆したことを気にしているのだろう。こいつらにも、シーナ三号の修理ができそうだと教えておくか。

「ジョー、頼みがあるんだ」

「――頼み？　どうしたんだ、急に」

「なんでもいいから食べ物をくれ」

「私たち、ここ最近あまり食べていないことを思い出したの」

心なしか、やつれている気がする。

こいつら、俺たちが湖から助けるまで、ずっと洞窟の中にいたんだったよな？

「あれ？　でもお前ら、町で食事を取らなかったのか？　魔王竜の討伐のお金、もらえたんだろ？」

魔王竜との戦いにおいて、ケンタウロスは大活躍だったから、鈴木が提案して、そうなったはずだ。

俺の報酬は竜核だったので、関係のない話ではあったが。

「楠君、報酬が出るのはしばらく先だよ。獲物が獲物だからね。査定に時間がかかるんだ」

鈴木は、「僕もまだもらっていないよ」と続ける。

俺の報酬はお金ではなく現物支給――竜核だったから、待ち時間なしで報酬を得たが、皆はそうはいかないのか。

「そうか。言ってくれれば、金くらい貸してやったのに。まぁ、いまは食べ物か」

俺はそう頷くと、アイテムバッグの中になにがあるかなと考える。

「ジョフレ、エリーズ、嫌いなものはないよな？」

「そうだな。腐っているようなものは食べないぞ」

「私は虫は食べないかな」

「そうか。じゃあ、腐っているものと虫は除外して考えると……かなり数が絞られるな」

「「絞られるのっ⁉」」

珍しく、ジョフレとエリーズがツッコミに回る。

ミリが持ってきた食べ物のなかには虫が多い。赤蟻の卵なんて、日本のどこで買ったんだ？　という食べ物まであるくらいだ。カイモッデーンと呼ばれ、タイなどで食べられるそうだけれど、俺は食べたくない。

あと、腐ってはいないけれど、独特な臭いを持つ納豆やブルーチーズ、くさやなどの発酵食品も多かったからな。当然、それを除外して考える。

「普通のパンでいいか。ほらよ」

俺は、ジョフレたちに食パンを一斤丸ごと渡した。

ふたりで食べるには大きすぎるけれど、こいつらもアイテムバッグを持っているみたいだし、あまったらそこに入れればいいだろうと思っていた。

しかし、渡した直後、ケンタウロスに食べられた。

あまるどころか、口にも入らなかった。

「吐き出せ、吐き出すんだ、ケンタウロス！　それは俺たちの食事なんだぞ！」

「私たち、もう何日も食べていないの。お願い」

……なんだろう、凄く懐かしいやり取りな気がする。

そうだ。ベラスラの迷宮でケンタウロスがレアメダルを食べたとき、似たようなやり取りがあった。

「相変わらず凄い食欲だね。本来スロウドンキーは、あまり餌が必要ない家畜として有名なんだけれど」

鈴木が呟いたので、改めて、食パンを頬張るケンタウロスを見る。

「……どこが？」

「うん……まぁ、例外がいるってことだね」

「おい、お前ら。仮にケンタウロスが食パンを吐き出しても、もう食べられないだろ。まだあるから、こっちを食べろ」

仕方がないので、今度はジョフレとエリーズにぴったりのパンを渡すことにした。

ビニールを剥がし、ふたりに差し出す。

「おぉ、サンキュー、ジョー！」

「ありがとうジョー」

「「こんな柔らかいパンは初めてだ！」」

ふたりも、パンに満足しているようだ。

「いやぁ、俺たち、ジョーに出会えて本当によかったよ」

最初に、コボルトに襲われていた俺を見捨てようとしていた奴の台詞とは思えない。

あのときのこいつは、かなり嫌な奴に思えたんだが。

「本当に、お前はその場のノリで生きているよな……それに、悪運だけは強いし」

魔物が大量に発生したとき、発生源から一番近い場所にいたにもかかわらず、こいつらはそのなかでレアモンスターだけを狙って、アイテムを回収するという荒業を行っていた。そういえば、あのときに何枚もレアメダルをケンタウロスに食べさせて強化し、脱出をしようとしていたんだったよな。

「まぁ、俺は幸運の値だけは、昔から高いからな」

「本当にな……俺とハルとで盗賊退治にいったとき、盗賊の新人だったお前らがあの場にいたら、絶対に巻き込まれて死んでいただろうし。たまたま酒を買いにいっていたから助かったのも、悪運が強いといえば強いのか」

「え？　ジョフレ君は盗賊だったの？」

　初耳だったらしく、鈴木が驚いていた。

　夫婦《めおと》漫才専門のお笑い芸人にしか見えないこいつらと盗賊を結び付けるのは、無理があるよな。俺も、この目で見ていなかったら信じられなかっただろう。

「盗賊っていっても、なんちゃって盗賊だよ。職業だって犯罪職堕ちしていないし、なにか悪いことをする前に辞めているしな」

　俺はそう言って、アイテムバッグから別のパンを取り出した。

「鈴木、もう小麦アレルギーは克服できたんだろ？　お前もパンを食べるか？　滋賀名物のサラダパン、高知名物のぼうしパンもあるぞ？」

　ミリが置いていったアイテムバッグの中には、全国の名物パンが勢揃いしていた。

　ゲテモノ料理を好むミリだが、ご当地名物の料理も好きだからな。

　消費期限がかなり昔のものもあったので、昔買ったものを異空間収納して保存していたのだろう。

「僕はいらないかな。毒無効時間《アンチポイズンタイム》にも制限はあるからね」

「そうか」

俺はそう言って、北海道名物のちくわパンを食べた。

「ところで、ふたりが食べているパンって、あれだよね？　子供の頃に見たことがあるけれど」

「ああ、俺たちが生まれるよりも前に日本中でブームになったっていう、頭にいいパンだよ」

受験生御用達のパンだ。

もっとも、このパンはビタミンB1により脳が活性化し、記憶力がよくなるというパンなので、決してバカが直るというわけではない。バカにつける薬はないのだった。

「ところで、楠君。聞きたいことがあるんだけど、その召喚魔法って、仲間なら誰でも召喚できるの？」

鈴木が尋ねた。

「誰でもってわけじゃない。いまのところ召喚できるのは、ハルとキャロだけだな」

パーティ登録している真里菜やほかの人が、召喚できるかどうかはわからない。

俺の眷属になっているかどうか、わからないからだ。

ハルとキャロはステータスを見て確認したから、眷属であることは確実なんだけどな。

いちおう、ふたりの周りにいる人も一緒に召喚できるんだけど、実際に使うのは眷属召喚のスキルじゃなくて、引きこもりスキルだから、それは黙っておく。

「そうか……じゃあ、ダメかな」

鈴木が残念そうに言う。

「あぁ、マレイグルリに着いてから、マイルたち三人を召喚してくれって言おうとしたのか？　それは無理だな」

「ううん、そうじゃなくて……」

鈴木は、パンを食べるジョフレとエリーズを見た。

ふたりを召喚？

いや、違う——そうか。

「ケンタウロスか」

「うん。さすがにロバをポチの背中に乗せるのは、危ないかなと思って」

「檻に入れて運ぶとかしかないんじゃないか？」

「……魔王竜に体当たりで打撃を与えるロバを閉じ込める檻って、そう簡単に手に入るとは思えないよ」

確かに……少なくとも、木の檻くらいなら簡単に破られる。

そういえばケンタウロスには、大森林北の詰め所から逃げ出した前科もあった。

俺も、こいつが暴れたら無傷で取り押さえることはできそうにない。

それで、召喚魔法というわけか。

……仕方がないか。

「ちょっと出発を待ってもらっていいか？　ハルたちに預かってもらえるか聞いてくる。人間なら無理だが、ケンタウロスなら、ハルと一緒にいれば召喚できると思う」

俺はそう言って、三人から離れた場所に行くと、マイワールドに移動した。

移動してすぐ、ハル、キャロ、ピオニア、ニーテ、シーナ三号、そして、ダークエルフを代表してラエルに集まってもらった。

「――ということで、俺がマレイグルリに移動するまでの三日間、ケンタウロスという名前のスロウドンキーを、マイワールドで預かってもらおうかと思ったのだが、大丈夫だろうか？」

「「…………っ！」」

ハルとキャロが言葉を詰まらせた。

表情の変化の乏しいハルですら、その事態の大きさに、戦慄を覚えているような顔をしている。

それとは逆に、詳しい事情を知らないピオニアたちは、不思議そうにしている。

「なぁ、マスター。あたしもいろいろと話は聞いているが、所詮はロバだろ？　わざわざ全員を集める必要があるのか？」

ニーテが尋ねた。

事情を知らない者が聞いたら、そう思うだろうな。

「ケンタウロスを甘く見てはダメだ。アイツの食欲はナナワットの比じゃない。しかも草食だ」

「それなら、私たちが襲われることはありませんね」

ピオニアが言った。

あぁ。人が襲われることは想定していない。

「シーナ三号は腕を噛まれたデスよ？」

「それは、お前が手に水草を巻き付けていたのが原因だ」

俺はシーナ三号の言葉を突き放し、まだ事情を呑み込めていないであろう皆《ララエル》に言った。

「ララエル。俺にはわからないが、黄金樹の葉はロバにとって美味いと思うか？」

「…………っ⁉」

現在のマイワールドにとって、象徴的な植物ともいえる黄金樹。

その葉を、奴が美味しいと思ったらどうなる？

「ケンタウロスに対し、交渉は可能だ。奴に、毎日トマト五十個、ニンジン五十本を与えるから、黄金樹に手を出すなと言うことも可能だろう。しかし、その理性よりも、黄金樹を食べることを優先しないとは限らない」

「……イチノ様、ケンタウロスを預からないという選択肢はないのですか？」

キャロが言った。

そこまでリスクを冒す必要があるのか？　と言いたいのだろう。

「俺もそれがいいとは思っているが……ケンタウロスと一緒にポチの上に乗るのも怖いんだよ」

鈴木によると、ワイバーンは上空二千メートルあたりを飛行するらしい。東京スカイツリーの三倍以上の高さの場所で万が一のことが起きたら……俺はなんとかなるかもしれないが、ほかの奴は無事では済まない。

ケンタウロスを預かったり、引き取ったりしてくれる牧場があるとも思えない。あったとしても、ゴーツロッキーの牧場はスーギュー病の被害から立ち直ろうとしているのだから、それを邪魔したくはないしな。

「まぁ、ケンタウロス相手ならば交渉することも可能でしょうし、森から離れた場所――それこそかなり遠くにいれば、匂いで黄金樹に気付くことはないでしょう。二日や三日なら大丈夫だと思いますよ」

　キャロがそう言った結果、ケンタウロスを預かることに、皆が賛同してくれた。

「ハル、お前に頼みがある。お前にしかできないことだ」

「なんなりと」

「ケンタウロスが黄金樹に危害を加えようとして、どうしようもない事態が起きた場合、奴を止めてくれ。最悪、足を折るなどしてもいい……できるだけ殺さないでほしいが、最悪のときは俺が責任を取る」

「手加減して勝てる相手とも思えませんが、畏まりました。ご主人様の剣の名に恥じぬ戦いを、この守命剣と疾風の刃に誓います」

「できることなら戦わずに済むよう、俺も案を出すつもりだ」

　そのための作戦を、これから考えないといけない。

　そのあと、俺たちの話し合いは一時間も続いた。

「嘘みたいデスよね。これ、ロバを預かるだけの話なのデスよ」

　シーナ三号が他人事のように言った。

ワイバーンのポチに乗って移動する。

「見ろ、エリーズ。夕日がまぶしいな」

「本当だね、ジョフレ。寂しい輝きだね」

ジョフレとエリーズが、俺たちが向かっている方向――東の空に向かってそんなことを言っていた。こいつらときたら、ポチの背中の上で大はしゃぎして、気付いたら夕日が沈む前に眠っていた。そして、ついさっき――朝を迎えたばかりのタイミングで、目を覚ましたというわけだ。

いちおう、ふたりに、いまは朝だぞと伝えておく。

「そうか、朝日か！　どうりでまぶしいと思ったよ」

「本当だね。嬉しい輝きだね！」

反応は変わらなかった。

鈴木が苦笑しているが、話に加わる様子はない。

おい。バカの相手を、俺に丸投げするな。

きっと、いまの俺は、苦虫を噛み潰したような顔をしているのだろう。

実際に虫を噛み潰すのは、ミリだけで十分だというのに。

「三人とも、そろそろ休憩にするよ。ポチも眠たいみたいだからね」

鈴木はそう言って、高尾山くらいの大きさの岩山の頂上に向かった。

飛行中、ポチにスタミナヒールをかけて体力の回復はさせていたけれど、眠気だけには抗えなかったらしい。

岩山の上に着地したワイバーンは、俺たち四人が降りたのを確認すると、大きな欠伸をして目を閉じた。鈴木はその横顔を優しく撫でた。

「じゃあ、僕たちも少し休もうか」

「だな——さすがにあの高さで飛んでいたら、眠れないよな」

命綱を着けたからといって、ジョフレとエリーズみたいに眠れるような場所ではなかった。

ジョフレたちなら、俺たちが眠っている間に、荷物を奪うようなこともない。

「ジョフレ、エリーズ。お前たちは元気そうだし、見張りを任せてもいいか？」

「おう、任せておけ」

「うん、任せておいて」

「『泥船に乗ったつもりで！』」

以前、ベラスラでも同じことを言われたな。

たぶん、こいつらの持ちネタなのだろうが、心配だ。

「……ん？　鈴木。雲の上からでは気付かなかったけれど、あそこに検問があるな。あれはなんだ？」

岩山の上で寝床の準備をしていると、東の大地の街道に検問所みたいなものが見えた。

「あぁ、あれは国境だよ。シララキ王国はあそこまで。その先はツァオバールだね」

「え？　まだツァオバールに入っていなかったのか？　すぐ東って聞いたんだが」

「結構遠回りをしているからね。アルタル湖や大聖堂のあるキュピラスの丘近辺の上空は、飛行禁止になっているんだ」

「なるほど――」

俺は南の空を見たが、そのキュピラスの丘というものは見えない。

ジョフレが思い出したように言う。

「そういえば、ダイジロウさんもそんなことを言っていたな。地上から確認できないように、わざわざステルス迷彩を施すのが面倒だって」

「『教皇め、忌々しい法律なんて作って。いったい誰のお陰で、魔王からこの丘を取り戻せたと思っているんだ。××××が、××××が』って言っていたね」

エリーズが放送禁止用語を連呼している。おそらく、意味はわかっていないのだろう。

それにしても、ダイジロウさん。わざわざ飛行ルートを変えるのではなく、バレないように飛行しているって、凄い人だな。

なんか、話を聞くたびに彼女のイメージが崩れていく。まぁ、最初のイメージではダイジロウさんは男の人だったのだから、崩れる前のイメージがそもそも大間違いだったのだけれども。

「あれ？　これは――」

鈴木が、なにか妙な石碑を見つけて言った。

「なんだ？　それは」

ジョフレが尋ねた。

「――コロッキストーンといって、世界中のいろいろな場所にある石碑なんだ。冒険者コロッキが、自分の足で歩いて残したんだよ。へぇ、ここは願いの頂っていう場所みたいだね」

そういえば、以前に無人島で見つけたことがあったな。

「願いの頂？」

「えっと、この山頂で占いのようなことをして、上手くいけば願いがかなうっていう謂《いわ》れがあるみたい」

「へぇ、それは面白そうだな」

俺はそう言って考える。

占い……か。

いま、鍛冶師の乱打夢を使うと、どんな効果が出るか占う……いや。さすがにもう眠いし、鍛冶作業をしたらポチの安眠を妨げることになる。

あ、そうだ。

もっと手っ取り早い方法があるじゃないか。

職業安定所スキル。

ランダムで五つの職業が表示され、そのうちのひとつの職業に、二十四時間限定で就くことができる。ただし、その職業以外のレベルは上がらない。

占いをするには十分だろう。

いい職業がひとつでも出たら、ミリの救出はきっと上手くいく。

悪い職業しか出なかったら……そのときはそのときで考えよう。

俺は職業安定所スキルを使った。

転職する職業を選んでください。

（選択しない場合、五分後に自動で選択されます）

アルピニスト：ＬＶ１
アルケミスト：ＬＶ１
ヒモ：ＬＶ１
魔法捜査研究所員：ＬＶ１
失業者：ＬＶ１

待て！　俺は思わず叫びそうになった。

アルピニストとアルケミストって、語感が似ているから選ばれたのか？　というか、アルケミストって、錬金術師を英語に変えただけじゃないのか？

そして、ヒモ——またお前かっ！　俺はヒモにはならないよ。

特に、最後の失業者ってなんだよっ！

無職のうち、職探しを行っている人間を失業者って呼ぶらしいけど、つまり無職と同じじゃないのか？

「なぁ、鈴木。急な話だが、失業者って職業があるのを知っているか？」

「本当に急だね。うん、知っているよ」

「知っているのかっ⁉」

「この世界の職業システムって、女神様が管理しているんだけれど、新しい職業が生まれたり、いままであった職業が失われたりしているんだよ。それで、女神様の都合で職業が失われた場合、その職業に就いていた人は三年間だったかな——失業者っていう職業になって、新しい職業に就きやすい状態になるらしいよ」

「あぁ、無職とは違うのか」

「全然違うよ。失業者である間のステータスは、職業を失う前より少し高い状態になるし、自分の以前の職業のレベルに応じた職業が解放されるんだ。そして、転職したときには、以前の職業で得た経験値が引き継がれるらしい」

　そっか。じゃあ、無職から失業者になったときには、無職に応じた職業が解放されるのだろうか？

　そのときこそ、本当にヒモが解放されそうで怖い。

「じゃあ、魔法捜査研究所員っていうのは？」

「日本でいうところの、科学捜査研究所員みたいなものだね。わかりやすくいえば、指紋やＤＮＡの鑑定、足跡から身長や体重、病気の有無まで割り出したりできる。鑑定系のスキルが増える職業だね。専門の道具がないと使えないスキルもあるけれど、それ以外にも有用なスキルは多いよ。ただし、試験は結構難しいよ。僕も相当苦労したし」

「お前、職業解放されているのかよっ！」

忘れていた。こいつ、かなり賢いんだった。

「うん。まぁ、医者の診察に必要なスキルもいっぱいあってね。もしも日本に戻れるようなことがあっても、こっちの世界のスキルが向こうで使えるかはわからないけれど、覚えておこうかなって思って。まぁ、レベルはあんまり上がっていないんだけど」

鈴木は自嘲するように言った。

日本に戻れるかはわからないけれど、安心しろ、鈴木。

こっちで覚えたスキルは、日本でも使えるから。

うちの妹が――ミリが日本でスキルを使っていたそうだからな。

でも、そうか。鑑定系か。

ミリがいた痕跡――それを見逃さないために、この魔法捜査研究所員で得られるスキルは悪くない。いや、むしろいい。

そう思ったとき、ほかの職業の選択肢はなくなった。

【第一職業を魔法捜査研究所員に設定しました】

といっても、この職業を選んだところで、経験値が得られなかったら意味はないんだけどな。魔物でも出ないものか。

「……ん？」

職業を設定したところで、俺は気配に気付いた。

僅かに遅れて、鈴木も立ち上がり、剣を抜く。

「どうしたんだ？」

「どうしたの？」

見張りをしていたジョフレとエリーズが尋ねた。

ふたりは気付いていない――俺たちは徐々に囲まれ始めていた。

「楠君」

「あぁ……ここは奴らの巣だったようだな」

突如、そいつらは立ち上がった。

ジョフレとエリーズが気付かなかったのも無理はない。

俺たちを囲むように立ち上がったのは、山にあった岩そのものだったから。

「ロックゴーレムだ。楠君、残念だけどこのゴーレムには『e』の文字はないからね」

「あってもなくても、奴らが死ぬのは変わらないだろ」

なるほど、願いの頂か。

どうやら、ふたつ目の願いは即座にかなえられたようだ。


ＤＴ勇者鈴木の活躍もあって、ロックゴーレム退治は、僅か三分の攻防で終わった。カップラーメンを作るのと同じくらい楽なものだ。

ちなみに、ジョフレとエリーズは、ずっと俺たちの応援をしてくれていた。

ステータスアップの効果があるエールスキルではなく、ただの声援だ。

【イチノジョウのレベルが上がった】

【魔法捜査研究所員スキル：指紋発見を取得した】

【魔法捜査研究所員スキル：指紋鑑定を取得した】

【魔法捜査研究所員スキル：血液発見を取得した】

【魔法捜査研究所員スキル：血液鑑定を取得した】

【魔法捜査研究所員スキル：毛髪鑑定を取得した】

と、いろいろなスキルを手に入れた。

ここまでは簡単だったが、ロックゴーレムの残骸のなかから、ゴーレムの核と呼ばれるものを掘り出す作業が面倒だった。

わざわざロックゴーレムの岩を砕き、中にある赤い宝石のような石を取り出す必要があるのだ。

ゴーレムの核は、魔石と同じように魔道具のエネルギーになるのだが、こういう岩山に放置すると周囲の岩を取り込み、新たなゴーレムとしてまた生まれ変わるので、冒険者にとってゴーレムの核の回収は義務なのだそうだ。

ある程度回収したところで、残りはジョフレとエリーズに任せ、俺たちは休憩することにした。

それにしても、この魔法捜査研究所員のスキルって、本当に独特だよな。

鈴木は鑑定だっていっていたけれど、微妙に違う。

まず、指紋発見——これは、十日以内に付けられた指紋を見つけることができるスキルだ。

俺が持つ鞄を見たところ、山のように指紋が付いていた。

そして、見つけた指紋について調べるのが指紋鑑定らしいけれども、指紋鑑定をするには、指紋を一度、専門の道具で浮き上がらせないといけないらしい。

血液発見は、十日以内に血液の付いたところが、真っ赤に染まって見えるスキルらしい。簡単にいえば、ルミノール反応を見るみたいなものだ。しかもこれは、生活魔法の浄化《クリーン》を使って完全に落としても、見つけることができる。

これは魔物の血も含むため、鈴木を見たところ、全体が真っ赤に光って見えた。たぶん、最近大型の魔物を倒して、返り血を浴びたのだろう。

ただし、血液鑑定を行うには、一定量の血液が必要だという（量が多ければ多いほど、検査できる項目が増えるらしい）。

これらは使いどころが結構難しそうだ。

一番役立ちそうなのは、毛髪鑑定かもしれない。

これは、毛髪一本を消費することで、その毛の情報が得られるスキルだ。

試しに、手櫛で髪を整える仕草をし、抜け落ちた三本の毛を毛髪鑑定してみる。

すると、それぞれ別の結果が出た。

【個体番号：３１９３・２９１８・４１４１・１９９５・１７１３
毛髪年齢：２５

性別：１】

【個体番号：３１９３・２９１８・４１４１・１９９５・１７１３

危険度：０・３・４・０

レベル１５】

【個体番号：３１９３・２９１８・４１４１・１９９５・１７１３

油分：２３

毛根寿命：７２】

たぶん、個体番号という二十個の数字が、ＤＮＡみたいなものなのだろう。十の二十乗、一垓《がい》通りある数字だから、他人と一致することはまずないはずだ。ＤＮＡのように、一卵性双生児だったら一致したりするのかはわからない。

ただし、この検査結果にはいろいろと問題があった。

見ればわかるかもしれないが、項目の内容と数字の意味がわからない。

危険度という項目。0がいいのか4がいいのか、そもそも危険度という意味はなんなのか？

油分って髪の油分？　数字の２３ってどうなのか？　毛根寿命って、もしかしてハゲになるまでの時間ってこと？　この数字は大きいのか小さいのか。あと何年大丈夫なんだ？

七十二歳に禿げ始めるってことなのだろうか？　それとも、七十二歳に全滅するってことなのだろうか？　残りの毛根寿命が七十二年ということだろうか？　それとも別の意味があるのだろうか？

ま……まぁ、気にすることはないな。髪の量っていうのは、多くの個性のうちのひとつに過ぎないし、人間の価値すべてを示すものではない。

髪がなくてもカッコいいと思える人は多いし、スキンヘッドが大好きな女性もいる。

わかるのは、性別の項目、男が1であろうということ。そして、レベルはおそらく、第一職業のレベルということだろう。

鈴木は魔法捜査研究所員の勉強をしたらしいから、この数字の意味はわかるだろうか？

と思ったけれど、毛根寿命の意味を知るのが怖くなった俺は、魔物と戦った疲れ（というより、ゴーレムの核を取り出す作業の疲れ）もあって、そのまま眠ることにした。

昼過ぎになり、出発。

俺たちを乗せたポチは、一度ツァオバールへの検問所近くに着地した。

見張りをしていた兵たちは、突然のワイバーンの襲来に浮足立った様子だったが、その背中に俺たちが乗っているのを見つけると、落ち着きを取り戻した。

鈴木は、ある程度降下したところでポチの背から飛び降り、兵たちに男爵の証であるブローチを見せて事情を説明すると、再度ポチの背に飛び乗った。

「このまま行っていいってさ」

鈴木は白い歯を見せて笑いかけた。

一連の動作のすべてに無駄がないように見えて、無駄にカッコいい。

「おぉ、コー、カッコいいじゃん！」

「うん、コー、カッコいいね！　ジョフレの次に！」

ここで、当然のようにジョフレを持ち上げるエリーズ。彼女はきっと、これを計算ではなく天然でやっているんだろう。本当にバカップルだ。いつの間にか、鈴木のあだ名がコーになっていた。こっちの世界での鈴木の名前がコータだからだろう。

それにしても鈴木の奴、無駄に飛び降りたり飛び乗ったり、普段からこんなパフォーマンスをしているのか？　主人公補正の天恵がなくても、やっぱりお前が主人公だろ。そりゃモテモテだわ。

ステータスだけなら俺も同じようなことはできるだろうけれど、きっと俺が飛び乗ろうとしたら、そのままポチの頭上を通り過ぎて反対側に落ちるという、間抜けなことになってしまう。

お前の爪の垢を煎じて飲みたいよ。

主人公になれなくても、もう少し、決めるところはしっかりと決められる人間になりたいな。

俺はそう思いながら、ふとポチの背中に髪の毛が一本落ちていることに気付いた。

俺の頭から抜け落ちたのだろうか？

なんの気なしに、毛髪鑑定を行ってみる。

【個体番号：３１５６・５９１３・９３１１・５３１２・３９５１

年齢：２０

毛根寿命：４０】

……ん？　これは、俺とは別の個体番号だ。そして、毛根寿命もまた、俺とは違った。

「あれ？　どうしたの？　楠君。僕をじっと見て」

「いや、お前っていい奴だなって思っただけだよ」

俺は首を振って、微笑を浮かべた。

「そう？　このくらいは普通でしょ？」

どうやら鈴木は、自分が代表して検問通過の許可をもらったことに対して、お礼を言われたと思ったらしい。

俺の鈴木への好感度が大幅に上がった。

そうだ。ミリを助け出したら、育毛剤を調合してもらおう――そう心に決めて、俺たちはツァオバールの上空を南東に向かった。


長い旅だったが、食事はアイテムバッグの中に十分あるし、風呂代わりに浄化《クリーン》の魔法も使えるため、決して不快なものではなかった。鈴木とも、日本での思い出話に花を咲かせたしな。シーナ三号やピオニア、ニーテとも、ミリや女神の入れ知恵（悪い意味ではなく、言葉通りの意味で）で日本の話はできるのだけれども、実際に日本文化を体験している人間とは違う。

まさか、鈴木もベースボールチップスのカードコレクターだとは思いもしなかった。

いや、俺がカードを集めていたというわけではないのだけれども、俺の友人にベースボールチップスのカードを集めていた友達がいて、残ったお菓子を格安で譲ってもらっていた。

その友達とは、俺が高校を辞めてからしばらくして連絡が取れなくなったけれど、元気にしているだろうか？　まさか、俺みたいに異世界に転移していたりして……なんてな。

唯一の不満は、ジョフレとエリーズが、ところ構わずイチャイチャしているということだろう。

マイワールドに戻って、ハルやキャロとイチャイチャしたい衝動に駆られる。

……ハルたち、マイワールドでケンタウロスと上手くやっているだろうか？

キャロが大丈夫だって言っていたから大丈夫だとは思うんだけれど、やはり心配だ。

そう思っていたら、遠くに町の外壁が見えた。

「あれが……マレイグルリなのか？」

俺はそう呟いた。

ポチはすでに低空飛行状態だったため、外壁の中を見ることはできない。

魔法都市。ダイジロウさんがいるといわれていた都市。俺の旅の最初の目的地。

いろいろな想像をしていた。

いったいどんな都市なのだろうか？

空飛ぶ絨毯が交通手段になっているような、いわゆるＴＨＥ・魔法都市といった感じなのか。はたまた、高層ビルが建ち並ぶような近代都市なのかと。

町をぐるりと覆う外壁の向こうを夢想する。

いま、鷹の目を使えばフライングして中を見ることができるけれども、そんなことはしない。

「鈴木は、マレイグルリに来るのは何度目なんだ？」

「んー、どうだったかな。やっぱり僕たち転移組にとって、最初に入ってくる情報がこの場所の話だからね。こっちの世界に来て半年くらいしてから一度訪れて、それからは何度も訪れているし、僕の家もこの町にあるよ。世界広しといえど、和食を扱っている店があるのは、ここくらいだからね」

「へぇ、和食があるのか」

「うん。しかも、この世界にもともとあった米の品種改良にも力を入れていて、美味しいよ。味はコシヒカリに一番近いと思う……って、あれ？　楠君、あんまり嬉しそうじゃないね」

「いや、そんなことはないぞ。和食は楽しみだな」

俺はぎこちない笑みを浮かべた。

悪い。お米に関しては、すでにマイワールドで大量生産できているんだ。

ほかにも、たいていの和食はピオニアが作ってくれる。

「米ってなに、ジョフレ？」

「聞いたことがあるぞ。お米の一粒の中には女神様が七人いるそうなんだ」

「女神様が七人もっ⁉　あれ？　でも私、女神様は六人しか知らないよ？」

「ん？　そういえばそうだな。コショマーレ様、トレールール様、セトランス様、ライブラ様、ミネルヴァ様、テト様……」

ジョフレが指を折りながら、女神様の名を列挙していく。

「なぁ、ジョー。あとひとりは誰なんだ？」

「ジョー、あとひとりは誰だか教えて」

俺に振るな。

きっと、メティアス様だろうよ。

どういうわけか欠番になってしまっているけれど、本当にいたみたいだし。

「お米の神様か。『米俵一俵には六人の神様が乗っている』って慣用句もあるよね。あと、一粒には八十八柱の神がいるっていう説もあるかな？」

それも俺に振るな。

悪いが、俺は日本の慣用句すべてを把握しているわけじゃないんだ。

米一粒の中に神様が七柱とか八十八柱いて、さらに米俵に神様が六柱も乗っていたら、国中神様だらけになっちまう。まぁ、だから八《や》百万《およろず》の神なのだろうけれど。

米の話ばかりしていたら、米が食べたくなってきた。

そう思ったところで、ポチが着陸体勢に入った。

門の近く――厩舎の前で止まる。

厩舎の係員が出てきて、

「男爵様！　困りますよ。そんなところにいきなり着地してきたら、馬が怖がってしまいます」

どうやら鈴木の知り合いらしいその男は、ポチを見てそう言った。

厩舎の中から馬の嘶きが聞こえてくる。確かに怖がっているようだ。

「え？　でも、前はここで預かってくれるって――」

「前に来たときは、あっしの頭くらいの大きさだったから預かれたけれど、こんなに大きなワイバーンは預かれませんよ」

そりゃそうだろ。

いくらおとなしいからといっても、鎖も檻もないような場所で、大人のライオンを預かるようなものだからな。

「餌も必要でしょうし、牧場で預かってもらいましょう」

「それがいいですね」

……いま、しれっと餌が必要だから牧場でって言ったよな？

んー、ポチの餌——いったい何頭の牛さん、羊さん、山羊さんが、犠牲になることやら。

前に、スーギュー一頭なら三日もあれば食べ尽くすって言っていた。マイルたちがここに来るまで、徒歩なら二週間。大聖堂で観光でもしようものなら、さらに数日は延びる。

その間、最低でも——いや、考えるのはよそう。

「じゃあ、僕とポチは牧場のほうで交渉してくるから、三人は先に町の中に入っていてよ。日本人街、昭和通りの三番地、僕の表札が出ている家に行っていて。これ、紹介状」

鈴木はそう言うと、一枚の羊皮紙を俺に差し出した。

というか、さっきの住所——日本人街？　昭和通り？　表札？

「……凄い住所だな。一発で覚えられたよ」

俺は羊皮紙を受け取った。

そして、せっかく厩舎にいるのだから、ケンタウロスを呼び出そう——と、ジョフレたちに待っていてもらい、物陰からマイワールドに移動した。

懐かしのマイワールド——そこでハルたちが笑顔で俺を迎えて——

「お、お帰りなさいませ……ご主人様」

「もうダメです……キャロに魅力はありません」

「あたし……マスター、魔力を——いますぐ魔力を分けてくれ」

「私にもお願いします……MP残量が一桁になっています」

「シーナの髪が……シーナの髪が……エーンデス……」

いや、笑顔ではなく、ハルが、キャロが、ニーテが、ピオニアが、シーナ三号が、ぐったりとした様子で俺を迎えてくれた。

いったい、マイワールドでなにがあったんだ？

特にシーナ三号、いつの間にショートヘアになったんだ？

「……ラエルたちも、大丈夫か？」

ダークエルフたちも、全員ダウンしている。

ハルたちよりも（精神的な）ダメージは多そうだ。

「……………黄金樹は……大丈夫です」

「あのロバ……二度と預からないでください」

ララエルの言葉を継ぐように、リリアナが俺にそう懇願してきた。

あのロバことケンタウロス——あいつは、悠々とバナナを皮ごと食べていた。

本当になにがあったんだ？

ケンタウロスと一悶着あったのだろうが、全員が口を揃えて「頑張った結果です」としか言わなかったので、詳しい事情はわからなかった。

そこで、全員にスタミナヒールをかけておいたところ、少し落ち着きを取り戻した。

ピオニア、ニーテ、シーナ三号には、それぞれMPを補給しておいた。シーナ三号の髪は直らなかったけれど、ホムンクルスの自然治癒力があれば、三日ほどでもとの長さに戻るそうだ。しかし、彼女にしては珍しく、かなり落ち込んでいた。

髪は女の命というから、そこは仕方がないだのろう。

「……ショートヘア、似合っているぞ」

と慰めておいた。

ダークエルフのルリーナから一枚の紙を受け取った。

ケンタウロスの被害——もとい、食べた作物の数だ。

トマト百二十個、トウモロコシ七十本、サツマイモ百七十本、バナナ二十房、生姜七本、ニンジン二百六十本、ホウレンソウ三十二束……ケンタウロスが食べた作物の種類と数が列挙されている紙を見て、俺は頭を抱えて、唸った。

なんなんだ、この数は。

なかには、茶畑一区画という項目もあった。食事をしたらお茶も飲みたいよね——とか、そういう気分で、茶畑一区画を丸々食べたというのか、この大食いロバは。

生姜とネギの畑を丸々食い荒らした前科はあるが、こいつ、ここまで食う奴だっただろうか？

レアメダルの与え過ぎで、変な方向に成長していないか？

その紙を見て、もしかしたらケンタウロスは、意地でもここから出ないいんじゃないか？　と思ったが、

「マレイグルリに着いたから出るぞ——ほら、ついてこい」

と言ってみると、案外すんなり俺についてきた。

十分に食べて満足しただけかもしれないが、逆に気味が悪い。


俺、ハル、キャロの三人とケンタウロスはマイワールドから出て、ジョフレたちと合流した。

「ケンタウロス、元気そうだな」

「ケンタウロス、元気そうだね」

ジョフレとエリーズがケンタウロスに抱きつく。

ケンタウロスは、ふたりとの感動的（？）な再会のハグを無視して、地面に生えている草を食べていた。

「……はい、とっても元気です」

「……万が一、今度預かることがあるとすれば、元気でないときにお願いします」

ハルとキャロが、げんなりとした口調で言った。

マイワールドの中であったなにかを、思い出しているのだろう。

まぁ、ケンタウロスと一緒に旅をするのもここまでだ。なにしろ、ケンタウロスは厩舎に預けるんだからな。

「おや、そのスロウドンキー――」

さっき鈴木と話していた厩舎の男が、ちょうどこっちにやってきた。

「あぁ、このスロウドンキーなんだが――」

「ケンタウロスですね。話は伺っています」

ん？　ジョフレとエリーズが事情を説明したのか？　と思ったら、男は赤いリボンをケンタウロスの頭に着けた。

「可愛いぞ、ケンタウロス」

「オシャレな女の子ね、ケンタウロス」

ジョフレとエリーズがケンタウロスを褒める。

そういえば、このロバは雌だったな――と、いまさらながら思い出した。

「町の中にいる間は、このリボンは外さないでくださいね」

男はそう言って帰ろうとした。

「ちょっと待て！」

俺は男を呼び止める。

「え⁉　このロバを、町の中に連れていってもいいのか？」

「はい、すでに市長から命令がきています。赤い髪の男と青い髪の女が間の抜けた顔のスロウドンキーを連れてきたら、町の中に入れるようにと。市長の命令ですから」

「市長？　市長って、もしかしてダイジロウさん？」

「はい。ダイジロウ様です。門番にも同様の通達がいっているでしょうから、間違いなく町の中に入れると思いますよ」

　……本当《マジ》か。

「……ジョフレ、エリーズ。お前ら、これからどうするんだ？」

「ダイジロウさんに届け物があるから、それを持っていくつもりだよ」

「大きなトカゲの角だね。飛空艇のドックに持っていくの」

「飛空艇のドックにっ⁉　俺も――俺もついていっていいかっ⁉」

　ジョフレとエリーズに関わるのが嫌ですっかり忘れていたが、ふたりはダイジロウさんに雇われている。ふたりについていけば、雇い主のダイジロウさんがいる場所にたどり着くのは、自明の理だった。

　しかし、ダイジロウさんは、俺が彼女を追っていることに気付いているだろう。

　当然、ジョフレとエリーズにも、俺を案内しないように命令を――

「ああ、いいぞ」

「うん、いいよ」

――されていないのか？

ジョフレとエリーズは、俺を案内するとあっさり約束してくれた。

「いいのか？　ダイジロウさんに止められていないのか？」

「いいぞ。特に止められていないし」

「いいよ。フリオくんやスッチーノくん、ミルキーちゃんも待っているだろうし」

そういや、あの三人もいるんだった。

ジョフレやエリーズと違い、あの三人はどうでもいいから、すっかり忘れていた。

厩舎で男が言った通り、ケンタウロスを連れていたのに、門番はロクな審査もせず、すんなり俺たちを通してくれた。

そして、俺たちは町の中に入ったのだが。

「…………」

俺は、思わず声を失いそうになった。

「どうしたのですか？　ご主人様」

「確かに不思議な街並みですね」

不思議な街並み。彼女たちがそう言うのも、無理はないだろう。

なにしろ、普通の民家が生け垣や石垣、木の塀などに囲まれていて、しかも屋根には瓦が使われているような町が、この世界にあるとは思えない。

そう、ここは昭和レトロな街並みだったのだ。

「この柱はなんでしょう？　上に鉄線のようなものがありますが」

キャロが円柱状の木の柱を見て言った。

「……たぶん、電柱じゃないかな？」

「でんちゅうってなんだ？」

ジョフレが尋ねる。

「あぁ。電気っていう、雷魔法の力を少し小さくしたものを、金属の線に通しているんだけれど、直接触ったら危ないから、あんな高いところに線を張り巡らせているんだ」

この世界で、本当に電気技術が発達しているのかどうかわからない。

別のなにか――それこそ、魔力エネルギーとかを通しているんじゃないだろうか？

しかし、この和風の街並み。歩いているのは、日本人とは違う外見の異世界人。

まるで、日本の保存地区が外国からの観光客に占拠されているみたいな光景だ。

電柱のほかにも、銭湯や自転車、さらに地面にはマンホールまであった。下水道が完備されているのだろうか？

「……なんだか、落ち着くな」

懐かしいと思わせる空気――ミリもこの景色を見たのだろうか？

そう思いながら町を進むと、その姿は一変した。

「こっちは、普通の街並みになったな……どうなっているんだ？」

少し歩くと、急にゴーツロッキーと同じような街並みに変わったので、俺は驚いた。

振り返ると和風、真っ直ぐ見ると西洋風。見えない境界線があるみたいだ。

「おや、旅人さんかい？　この町は初めてかな？」

お爺さんが声をかけてきた。

「え、えぇ、まぁ」

俺は頷いた。

どうやら、初めてこの町を訪れた人は、たいてい町の入口とここで驚くらしく、このお爺さんはそんな人に声をかけているんだそうだ。

「この町は三つの区画に分かれていてね。あっちがニホンジン街、こっちがアザワルド街。さらに向こうは魔法街って呼ばれているんだ。観光を楽しみたいなら、ニホンジン街がお勧めだよ。変わったものがいっぱいあるからね」

「どんな場所が人気なんだ？」

ジョフレが尋ねた。

「そうだね。ほかの町で見ない施設でいえば、銭湯と呼ばれる公衆浴場や、日本食を扱っている食堂。あと、寺院や神社が人気だね」

公衆浴場は、この世界では珍しいよな。

コーヒー牛乳とかも、あるのだろうか？

マッサージチェアも欲しいところだ。

「あとは――いや、そのくらいだね」

お爺さんは、ジョフレになにか言いかけて黙った。ジョフレではなく、その視線は一瞬、女性陣に向かったように見える。

気になってお爺さんに思考トレースをしてみると、エッチな感情と気まずい感情が入り混じっている。

あぁ。遊郭のような、風俗的な場所があるということだろう。

「ありがとうございました。ジョフレ、観光は造船ドックに行ってからだ」

「あぁ、そうだった。爺ちゃん、飛空艇のドックは知らないか？」

ジョフレ……場所を知らなかったのかよ。

お爺さんは、丁寧にその場所を教えてくれた。

ちょうどアザワルド街にあるんだという。

俺たちは、教えてもらった通りに道を進んだ。

すると、結構遠くからでも見える、巨大な施設があった。

東京ドームくらいの広さがある、高さ三十メートルくらいのコンクリートの建物だ。

あの中に飛空艇があるのか？

そうすると、屋根は開閉式なのだろうか？

そんなことを思いながら、俺たちはドックに向かった。

敷地の入口と建物の入口の二カ所に見張りがいたが、ジョフレの冒険者カードを見せると、あいつらはすんなりと中に入れた。

しかし、俺たちは止められた。

「許可証をお持ちでしょうか？　お持ちでなければ、ここから先は関係者以外立ち入り禁止です」

「あいつらの知り合いなんですけれど」

「知り合いだからといって、入っていい場所ではございません」

やはり、そう上手くはいかないか。

関係者の関係者は、関係者ではないらしい。

そう思ったとき、グラスト様からの紹介状を持っていることを思い出した。

「これは、ゴーツロッキーの前国王――グラスト様から頂戴した書状です。上の方に話を通していただけないでしょうか？」

俺がそう言って紹介状を渡すと、見張りをしていた男は怪訝そうな顔をし、頭を掻いた。

そして――

「わかりました。中にお入りください」

と言ったのだ。中身を確かめもせず、それどころか、上司に伺いも立てずに。

そんなこと、勝手に決めてもいいのか？　と思ったが、そう尋ねて気が変わったら面倒なので、俺は礼を言い、ドックの中に入った。

「ご主人様――」

ハルが心配して声をかけてきた。

「あぁ、大丈夫だ」

当然、飛空艇はここには停まっていない。

ドックの中は静まり返っていた。

照明が、コンクリートの壁と床を虚しく照らしている。

ミリやダイジロウさんも、ここにはいなかった。

最初から、すべてがこの場所で解決するとは思っていない。

ここにはいないが、ドックの職員を探し出して、ダイジロウさんの居場所やその目的を知るのが、俺の目的だ。

しかし、残念なことに、ここにはドックの職員はおろか、猫の子一匹いなかった。

さすがに、これだけ広いドックで無人ということはないだろう。

奥のほうには別の部屋もありそうだし、ジョフレたちはそっちに向かったらしい。俺も奥の部屋に行こう、そう思ったときだった。

「……ご主人様――あそこから匂いが」

「ミリのか？」

「おそらく――スパイスの匂いでかき消されてしまって、確実とはいえませんが」

ハルが匂いのする方向を指さす。

ドックの隅だった。

なにもないと思ったけれど、ドックの照明を反射して、光るものがひとつ。

そこに転がっていたのは、一個のビー玉。なんでこんなところにビー玉が？

「綺麗なガラス玉ですね」

「……ハル、匂いはここから漂ってきたのか？」

「はい、そうです」

ハルは頷いた。

俺は、ビー玉を鼻に近付けて匂いを嗅ぐ。

微かにスパイスの香りがした。

「そうか……これは間違いない。ミリのだ」

スパイスの香りがするビー玉。

その正体は、カレー味のラムネの中に入っていたビー玉に違いない。

カレー味のラムネは決してマズイものではないが、しかし、それをわざわざ異世界で再現して作ろうとする物好きはいないだろう。そんな奇特な人がいるとすれば、それより先にコーラやサイダーが一般的に出回っているはずだ。

つまり、これはミリが日本から持ち込んだものに違いない。

「ん？」

ビー玉には、小さな文字でなにか書かれていた。


【ミルキーの本を買って】

幕間　ケンタウロス vs. マイワールド防衛隊

イチノジョウが、鈴木、ジョフレ、エリーズとともに、マレイグルリを目指していたとき。

ハルワタートたちが、マイワールドで預かったケンタウロスの見張りを始めて、すでに半日が経過していた。いまのところ、大きな問題は起きていない。ケンタウロスは現在、スーギューたちのために用意した牧草地で、草を食べていた。

牧場での世話はグループ分けをして行われ、現在はキャロル、シーナ三号、リリアナが見張りをしている。

ほかの者は休んでいるか、別の場所で警備を行っている。

「平和に終わりそうですね」

キャロルが柵の外で、安心したように言った。

草を食べる速度が非常に速いので、天地創造の書を使って定期的に草を生やす必要はあるが、思っていたような問題は起きていない。

「シーナ三号は腕を食べられたことがあるデスから、油断しないほうがいいデスよ」

シーナ三号が牧場から離れた岩陰から、キャロルとリリアナに警戒を促す。

最初は強気に振る舞っていたが、イチノジョウがマイワールドから出た途端に、この調子だ。

彼女は、腕に海草を巻き付けて湖に潜ったとき、海草ごと腕を食べられたことがある。

それを聞いていたダークエルフのリリアナは、信じられないという顔をした。

「大丈夫ですよ、シーナさん。おとなしいじゃないですか」

リリアナはそう言って、ケンタウロスの背中を撫でた。

ケンタウロスは我関せずといった具合で、無心に草を食べている。

「ほら。シーナさんもキャロ様も、一緒に撫でましょうよ」

リリアナが誘っても、シーナ三号は警戒心を解かないし、キャロルも近くに行く必要はないと思っていた。

「ほら。ちゃんと面倒を見ないと、イチノジョウ様に怒られますよ」

リリアナがそう言った途端に、キャロルは動いた。

「イチノ様に、キャロがなにもしなかったと報告されるわけにはいきませんからね」

キャロルはそう言って、ブラシを取り出した。

自分たちの髪に使うものではなく、フユンやスーギューたちの世話をするためのブラシだ。

キャロルは、草を食べているケンタウロスの鬣《たてがみ》をブラッシングする。マイワールドに連れてこられてから、ハルワタートによって一度浄化《クリーン》をかけられているため、清潔な状態だ。

このブラッシングは、毛並みを整えるのと同時に、ケンタウロスとのコミュニケーションを図るためでもある。普段、フユン相手にしている行為だ。

「どうですか？　キャロのブラッシングのテクニックは。気持ちいいでしょ」

キャロルはブラッシングを行うが、ケンタウロスは反応せず、草を食べていた。

自信満々だっただけに、ケンタウロスのその行動は、キャロルのプライドを少し傷付けた。

「……それなら、これはどうですか？」

彼女はそう言って、魅了変化により大人の姿になる。

ロバ相手に、大人の魅力は当然通用しない。

しかし、大人の姿になったキャロルは、サキュバスのように相手の状態を見極めることができ、さらには刺激してほしい場所もわかる。いまの状態の彼女にマッサージされたら、誰もが一瞬にして深い眠りへと誘われるだろう。

「イチノ様への秘密兵器にするつもりで、取ってありましたが――」

キャロルはそう言うと、まずは、練習台として選んだ、同じく草を食べている一頭のスーギューに近付き、ツボを的確に刺激するようにブラッシングマッサージを行う。

すると、スーギューは気持ちよさそうな声を上げ、僅か数秒で眠りに落ちた。

「さらに、これで効果は二倍です」

キャロルは両手にブラシを持つと、ケンタウロスにブラッシングマッサージを行った。

しかし――

「…………」

ケンタウロスは無言で、無表情で、ただ黙々と草を食べていた。

キャロルはさらに力を入れる。

しかし、ケンタウロスはまったく反応を示さない。

マッサージを受けていることにすら、気付いていないようだ。

「……そんな」

キャロルにとっては、交渉に続いて二度目に味わった敗北だった。

敗北を喫して休憩に入ったキャロルと入れ替わるように、シーナ三号がリリアナの横にやってきた。

「どうやら、食事中はほかのものに関心を示さないようデスね」

相手がなにもしてこないと思い、安心したようだ。

「そのようですね。それに、シーナさんはホムンクルスですから、もの凄い防御力をお持ちなのですよね？　それなら、心配しなくてもいいと思いますよ」

「ホムンクルスじゃなくて機械人間《サイボーグ》デス。シーナ三号は完全な機械人間《サイボーグ》デスから、びょうごりょくが高いのは確かデス」

「びょうごりょく？」

「防御力が高いのは確かデス」

リリアナは、機械人間《サイボーグ》でも噛むんだ……と思いながら、一緒にケンタウロスの背中を撫でてあげようと促す。

「いいえ、撫でるのは任せるデス。シーナ三号は復讐をするのデス」

「復讐？」

リリアナの問いには答えず、シーナ三号はケンタウロスの横に立つ。

「やい。よくも、シーナ三号の腕を噛んだデスね。シーナ三号の中にある、数十万の語彙による罵詈雑言を喰らえデス！」

シーナ三号は息を吸い込んで、一気に言った。

「ええと、バカ、アホ、マヌケ、のろま、おたんこナスデス！」

悪口のレベルが子供並みだと、リリアナは思った。

「悔しかったら文句を言ってみろデス」

シーナ三号は、ケンタウロスの正面に屈んで言った。

そのときだった。

ケンタウロスが草と一緒に、シーナ三号の髪を食べたのだ。

「ギャァァァ、食べられたデス！」

シーナ三号が叫び声を上げるが、ケンタウロスにとってシーナ三号の髪が美味しかったのか、それとも仕返しなのか、彼女の髪はかなり食べられてしまった。

「うぅ。シーナの髪が、シーナの髪が、うわぁぁんデス」

職場を放棄して、シーナ三号は泣きながら去っていった。

「……シーナさん、大丈夫かな？」

リリアナはそう言って、シーナ三号が去っていった方向を見る。

そのあと、休憩から帰ってきたキャロルとともに、しばらくケンタウロスの様子を見ていたリリアナだったが、交代の時間になると、三人のダークエルフがやってきた。

あとは、自分の部屋に戻って本を読もう。

リリアナがそう思ったときだった。

ケンタウロスが急に草を食べるのをやめると、一点を見詰め始めた。

「どうしたの？」

リリアナがケンタウロスの背中を撫でて尋ねた——その直後だった。

突如、ケンタウロスが走り出した。

「え？」

リリアナは声を上げると同時に、反射的にケンタウロスの背中に乗っていた。

それを見ていたキャロルが命令を出す。

「ケンタウロスは七時の方向に行きました。すぐに起爆矢を放ってください！」

ほかのダークエルフたちは、当初の計画通りに行動を開始した。

魔記者が作った、起爆効果のある札を括り付けた矢を、ケンタウロスが逃げた方向の上空に向かって射た。

それが爆破すると同時に、ケンタウロスが逃げ出したことが、マイワールド中に伝わった。

リリアナは暴れ馬ならぬ暴れロバに乗り、数百メートル進んだところで振り落とされた。

ケンタウロスが牧場を脱走したことがマイワールド中に伝わると、即座に防衛ラインが敷かれることになった。

「ピオニア姉さん、真っ直ぐこっちに向かってくるぞ。準備はできているか？」

ケンタウロスを預かるために急遽建造された櫓《やぐら》の上で、ニーテが双眼鏡を使って、ケンタウロスが迫ってくるのを確認した。

途中、注意を引くようにトマトなどの野菜を置いたが、ケンタウロスは見向きもしない。

「肯定します。牧場から黄金樹がある大森林に行こうと思えば、この場所を通るのは必然。スロウドンキー、個体名ケンタウロスを預かったときから、準備は完了しています」

ピオニアはそう言って、天地創造の書を手に持つ。

そして、ピオニアがケンタウロスを確認した——その直後だった。

ケンタウロスを取り囲むように、岩が生み出された。

一瞬の出来事に、ケンタウロスは避ける暇もなく、岩のドームの中に閉じ込められてしまった。

「これで終わりだと告げます。食客としてなら最大限のもてなしをしますが、規則を破ったのならば容赦する必要はありません。マスターが帰るまで、その中でおとなしくしていればいいのです」

ＭＰを７０も消費したが、この程度はいまのイチノジョウなら余裕で補給できる。

「ニーテ、マスターが帰ってくるまで見張りを頼みます」

「あぁ。しかし、大丈夫なのか？　死にはしないか？」

「肯定します。中の空間は広いですし、空気が入り込むだけの隙間もあります。本来、魔物というのは一日や二日、食事を抜いても死ぬことはありませんが……そうですね。預かっている魔物ですから、隙間から干し草を入れておけば――」

ピオニアが説明しているとき、ニーテの表情が驚きに染まる。

ピオニアが、なにごとかと岩のドームを見ると、ドームの壁に、先ほどまでは確かになかった罅《ひび》が入っていた。

「……岩のドームの設計に問題があったのでしょうか？　しかし、罅が入っていたとしても――」

「いや、ピオニア姉さん。現実を認めたほうがいいぞ。聞こえてるだろ」

ニーテの言う通り、聞こえていた。

ドン、ドンと、まるで巨人が行進しているような音が。

そして、その音がピオニアの耳に届くとともに、罅が広がっている。

直後、岩のドームに巨大な穴が開き、一際大きな音が聞こえた。

「計算外です。厚さ一メートルの岩の壁を突き破るとは。しかし、これならどうですか」

次に現れたのは、蟻地獄のような穴だった。ケンタウロスが引き込まれる。しかし、ケンタウロスは穴の底から余裕で這い上がってくる。

「理解不能です。あり得ません。通常のスロウドンキーを最大限に強化したとしても、あの穴から脱出できるわけが……」

「ピオニア姉さんは甘いんだよ」

ニーテは、ピオニアが持っていた天地創造の書を手に取ると、ケンタウロスのいた場所の周囲に湖を創り出した。

広大な湖の中央の小島に取り残される形になったケンタウロスは、その場で立ち止まる。

「ふぅ。かなりＭＰを使ったが、これでケンタウロスは泳ぐしかなくなるよな。姉さん、ＭＰを少しもらうぞ」

ニーテはそう言って、ピオニアの背中に手を当ててＭＰを吸収する。

「待ってください。私もこれ以上、ＭＰは――」

「そう言うな。これは必要な措置だ」

ニーテはそう言って、最後のＭＰを振り絞り、湖を取り囲むように、高さ二十メートルはある岩の壁を作り出した。本当は湖をドームのように囲みたかったのだが、そこまでするにはＭＰが足りなかった。

走って体当たりすれば壊せるような壁でも、泳いで体当たりすれば威力が半減する。

「しかし、困りましたね。これでは私たちも、ここから出ることができません」

湖は広い。当然、ピオニアたちがいる櫓も水に浸かり、彼女たちが立っている櫓の台が、湖面ギリギリの高さになっている。

目線が、ケンタウロスと同じ高さである。

「まぁ、マスターが帰ってくるまで、ここで見張ればいいんじゃないか？」

ニーテはそう言って、懐から梱包材を取り出した。

プチプチと潰して、暇潰しをする気満々だ。最初から、こうなることを想定していたらしい。

「まったく、畑の手入れが残っているのですが……ん？」

先ほどまで止まっていたケンタウロスが走り出した。

まさか、泳ぐつもりなのだろうか？

違った。ケンタウロスは、湖面を走ったのだ。

あまりの人間離れ――いや、ロバ離れした動きを見て、ピオニアは驚きを隠せないようだ。

「あの動き……まさか……」

「ピオニア姉さん。珍しく考え込んでいるようだけど、なにか思い当たる節《ふし》があるのか？」

「否定します。気のせいでしょう」

「気のせいね。それこそ、ピオニア姉さんには珍しいな」

「それより、ニーテ。あのスロウドンキーがこちらに向かってくるのですが」

「ああ、これはヤバイ気がするな」

そう言っても、ふたりとも落ち着いている。

いや、慌てる必要がない。

ふたりともＭＰが尽きかけていて、これ以上なにもできないのだ。

ケンタウロスは櫓に接近すると、櫓の屋根に飛び乗り、大きく跳躍した。

「壁を飛び越えるつもりかっ⁉」

「計算によると、壁を飛び越えるのは不可能です。激突します」

ピオニアの言った通り、ケンタウロスはニーテが創り出した壁の、高さ十五メートル付近にぶつかった。

「やっぱりダメだった……なっ⁉」

ケンタウロスは、激突すると同時に壁を駆け上り、そして壁を乗り越えると、その向こう側に消えていった。

「あたしたちの負けのようだな」

「肯定します。あとは皆さんに任せましょう」

ニーテとピオニアは残りの魔力を節約するため、眠ることにした。


突然、湖が現れ、それを取り囲むように岩壁ができたという報告が、森の前に陣を構えるダークエルフたち十五名の耳に届いた。

「あの高さの壁なら、もう安心ですね」

若手のダークエルフのロロッコが言った。

ロロッコだけでなく、皆も安堵の表情を浮かべているが、

「バカ者っ！　命令が下るまで気を抜くでないっ！」

ナナワットに跨《また》がるララエルの喝が、ダークエルフたちに緊張感を取り戻させる。

かつて、ニックプラン公国東部の大森林に住んでいた頃は、ララエルが注意をする必要などなかった。しかし、このマイワールドに誘われてから、平和な日常が数週間続いただけで、皆が腑抜けになってしまった。

緊張感は、訓練だけでは培われない。

（確実に黄金樹を守れるのなら、あのロバを定期的にマイワールドに預けてもらったほうがいいかもしれない）

ララエルはそんなことを考えて、思わず苦笑しそうになったが、即座に己を戒めた。

どうやら、腑抜けになってしまったのは自分も同じらしい。

それほどまでに、このマイワールドという場所は、ダークエルフたちの楽園だった。

「ララエル様、目標がこちらに迫ってきますっ！」

「……やはり、目的は黄金樹か」

森で栽培されている茸類という可能性もあるが、当然、楽観的に考えることはできない。

森の中にも仲間を配置しているが、可能ならばここで止める。

「全員、構えっ！　最初は威嚇射撃だ！　決して当ててはいけない」

ララエルの命令とともに、全員が弓矢を構えた。

ケンタウロスがさらに距離を詰める。

（速いな——ナナワットやフユンの速度を超えるか）

本来、動きが遅いからスロウドンキーと呼ばれる。にもかかわらず、その速度は、白馬のフユンやデザートランナーのナナワットを上回る。

現在、この世界でケンタウロスの速度を超える存在は、ひとりしかいないだろう。

「全員、放てっ！」

ダークエルフたちが放った矢が大地を抉る。矢による攻撃というより爆破に近いが、その攻撃を見ても、ケンタウロスは無視をして前へ前へと駆ける。

ここまで迷いなく前に進むその姿は、矢がまったく見えていないか、もしくは最初からこちらが当てる気がないのがバレているかのようだ。後者だとするなら恐ろしいと思いつつも、ララエルは次の命令を下す。

今回の作戦で、ピオニアとニーテに課せられたのは、ケンタウロスの無傷での捕獲だった。しかし、それが失敗した現在、ララエルにはもうひとつ上の段階が許されている。

傷を付けてでも捕獲する。

「麻痺矢、構え」

ララエルの号令で、ダークエルフたちの矢が黄色く染まる。

エルフ弓士スキル、麻痺矢。

矢によるダメージを激減させる代わりに、ダメージを与えた相手に麻痺の状態異常を与えるスキルである。

ダメージが完全になくなるわけではないが、そこはダークエルフたちの腕の見せどころ。急所を外すことは容易だ。

「第一射、放て」

五本の麻痺矢が、ケンタウロス目がけて飛んでいく。

足や背中を目がけて飛んでいく矢——すべてが命中するかに見えた。

そのときだ。ケンタウロスはステップを踏むかのごとく体を左に動かし、紙一重で——言い方を変えれば、最低限の動きで矢を躱した。

「第二射、第三射、放て」

ララエルを含めた五本の矢がケンタウロスを目がけて、残り五本の矢はケンタウロスが逃げる場所を牽制するように飛んでいく。

しかし、ケンタウロスは今度は右に動き、さらに牽制として飛んできた矢の隙間を縫うように、前に進む。

「族ちょ——ララエル様、当たりません！」

「焦るなっ！　全員、矢を各々十本番《つが》えろっ！　一斉掃射の構えだっ！」

「「——っ!?」」

ダークエルフたちの間に緊張感が走った。

一斉掃射——それは十本の矢を連射して上空に放ち、対象に降り注がせるスキル。本来は魔物の群れや軍隊相手に使うものであり、ダークエルフたちは長年訓練を続けてきたが、実戦で使うのは初めてのスキルでもあった。

ララエルは、ケンタウロスというスロウドンキー一頭を、軍にも匹敵する敵だと認定したのだ。

「放てっ！」

十五人が十本の矢を――合計百五十本の矢が放たれ、雨のように降り注ぐ。

ララエルは一瞬、目を閉じた。

願わくば、死なないでほしいと願う。

そして、目を開いたとき、彼女は己の目を疑った。

降り注ぐ矢の雨のすべてが見えているかのごとく、矢の隙間隙間を縫うように、ケンタウロスは前に進んでいたのだ。

一本の矢にさえも当たることなく、ケンタウロスはこちらに走ってくる。

「もう一度、構――」

ララエルはそう言おうとして、首を横に振り、

「力尽くで止めろっ！」

矢を放つ暇もないくらい、ケンタウロスはララエルたちに迫ってきていた。

ダークエルフたちは隊列を組み、己の死を覚悟してでも、己の肉体でケンタウロスを止めようとする。

しかし、ケンタウロスはそんな覚悟を嘲笑うかのように、ダークエルフたちを飛び越えた。

（完全に負けだな）

ララエルは、起爆札を括り付けた矢を放つ。

起爆札は上空で爆破し、ケンタウロスが防衛ラインを突破したことを、森の中にいる仲間に伝えた。

黄金樹がある場所にも、起爆札が爆発する音が聞こえてきた。

ケンタウロスがこちらに迫ってくる合図だ。

その音を聞き、ダークエルフとハルワタートは剣を抜く。

彼女たちの任務は、ただひとつ。

殺してでもケンタウロスを止めることだ。

「来ましたね」

ケンタウロスの姿が見えた。

ハルワタートが守命剣と疾風の刃を抜く。

守命剣――命を守るという、己に課せられた使命のため、彼女はその剣に力を込めた。

そして、前に飛び、ケンタウロスにスラッシュを放つ。

ケンタウロスは、左前方に飛んでその剣戟を躱したが、ハルワタートはその前に回り込むように移動していた。

ケンタウロスは確かに速い。しかし、ハルワタートはその速度を遥かに上回っていた。

「覚悟しなさい」

ハルワタートの剣がケンタウロスに当たる——そう思ったときだった。

彼女の背後にある黄金樹が輝いた。

その突然の出来事に、ハルワタートの剣が止まった。そして、ケンタウロスの動きも。

「いったい、なにが？」

ケンタウロスに注意しながらもハルワタートが振り返ると、黄金樹の枝に、ひとつの大きな実がなっていた。

そして、ケンタウロスはじっと木の実を見上げると、ゆっくりとした動きで来た道を戻っていく。

ケンタウロスとハルワタートの動きについていけなかったダークエルフたちは、その場にへたり込んでいた。


そのあと、ピオニアとニーテはダークエルフたちによって救出された。

ケンタウロスは牧場へと戻り、特になんの問題を起こすこともなかったが、マイワールドにいる誰もが、心休まる暇がなかったという。

第二話　マレイグルリの上級者向けダンジョン

ミルキーの本を買えって、どういう意味だ？

俺とミルキーが一緒に行動した時間は短い。

しかし、あいつがどういう同人誌を書くかはわかる。

「イチノ様。ミルキーさんの本を買うことに、本当に意味はあるのでしょうか？　ミリ様、もしくはダイジロウ様によるミスリードという可能性はありませんか？」

キャロが尋ねた。

確かに、ミリは俺に追ってきてほしくない――そういう雰囲気がある。

だが、俺は首を横に振った。

「ダイジロウさんについてはわからないが、これがミリからのメッセージだとするのなら、その可能性はない。あいつは、こういうことに関しては卑怯な真似はしない」

ミルキーと一日足らずの付き合いで、彼女の同人誌のジャンルがわかる。俺はミリが地球に生を受けて十二年――ずっと彼女の兄だったのだ。彼女が魔王の生まれ変わりであることには気付かなかったが、彼女の行動はわかっているつもりだ。

「ジョフレ、エリーズ。誰かいたか？」

奥の部屋から戻ってきたジョフレたちに尋ねた。

「奥の事務所は無人だった」

「うん。フリオたちも、どこに行ったんだろ？」

ダイジロウさんやミリ、ミルキーだけじゃなくて、誰もいないのか？

確かに、周辺には俺たち以外の気配はない。

ならば、この町にいないのか？

でも、ミルキーの本だけは存在していると？

「イチノ様。私は奥の事務所に行って、ダイジロウ様の行き先の手がかりがないか探してきます」

「あぁ、任せた。そうだ、俺、毛髪鑑定のスキルが手に入ったから、ダイジロウさんの髪とかがあったら拾ってきてくれ。そこから、なにかわかるかもしれない。ところで、ハル――ジョフレたちは、なにをやっているんだ？」

「レアメダルをケンタウロスに食べさせているように見えます」

そう。ジョフレが持っていたのは、金色の小さなメダル――レアメダルだった。

ダンジョンの中で変異種の魔物がときどきドロップするアイテムで、魔物に食べさせれば、その魔物を強くする効果がある。

ジョフレはそのレアメダルを数枚、惜しげもなくケンタウロスに与えていた。

レアメダル一枚は金貨一枚、一万センス――百万円相当の価値があるというのに。

もしかして、ケンタウロスの奴が素直にマイワールドから出たのは、レアメダルを食べたかったからじゃないだろうか？

「なぁ、ハル。レアメダルって美味しいのか？」

「すみません。私は硬い食べ物は好きですが、金属の味はわかりません」

「そりゃそうだ」

俺は頷き、ケンタウロスを見た。

ただでさえ強いケンタウロスがこれ以上強くなったら、本当に俺の手にも負えなくなりそうだ。

「イチノ様、戻りました」

キャロが奥の事務所から戻ってきた。

「キャロ、早かったな」

「事務所と呼ばれていた部屋は、もぬけの殻です。資料どころか、紙片ひとつありませんでした」

そりゃ、早いわけだ。調べるものが、なにひとつないのだから。

「ただ、これが落ちていました。ダイジロウ様の髪かどうかは、わかりませんが」

キャロが俺に見せたのは、三十本近い髪だった。

溺れる者は藁をも掴むというが、髪の毛を掴むとはな。

ということで、俺は結果を書き写すためのノートを取り出し、毛髪鑑定をした。

といっても、毛髪鑑定で得られる情報はランダムだ。そもそも、本当に関係者のものかもわからない。ピザの宅配に来たおっさんの髪という可能性だってある――この世界に宅配ピザがあればの話だが。

それでも、俺は毛髪鑑定を行ったが、やはりというか、ロクな情報が得られない。

ちなみに、一本だけ毛髪鑑定のできない髪があった。なぜだろうと思っていたら、ハルの贋作鑑定に反応があったそうだ。

つまり、そういうことなのだろうと納得した。凄いな、どう見ても本物の髪にしか見えないのに。

そして――

「ん？　なんか凄いのが出たな」

ノートに書き写した文字を見て、俺は言った。

【個体番号：２５３１・５２３１・８９８９・１１９２・２９６０

呪い：４２

毛根寿命：０】

「毛根寿命がゼロ……」

ひとつ明らかになった。毛根寿命は毛がなくなる年齢じゃなくて、毛がなくなるまであと何年かということだ。

つまり、毛根寿命７２の俺は、九十二歳までハゲることはないってことだろう。

「あの、ご主人様。この呪い４２っていうのは？」

「……わからん。まぁ、個人の特定ができない以上、教えてあげることもできないしな」

そして、茶色く長い髪を鑑定した。

【個体番号：３１９３・２９１８・３２１３・２９５１・３５０２】

個体番号の最初の八桁までが、俺と同じだ。

そんな偶然、普通に考えればあるわけがない。おそらく、最初の八桁は両親の遺伝子に影響されるのだろう。

と考えると、これはミリの髪とみて間違いない。

【ストレス：８２】

……ストレスを溜めているようだ。

まぁ、自由に動き回れない状況なのだろう、これは仕方がない。

【欲求：５２】

……欲求——なにかを求めている？

これがわかれば、ミリの考えがわかるかもしれない。

しかし、この毛髪鑑定って、結果が全部、数字でしか出てこないんだよな。

数字の意味がわからないと、どうしようもない。

ほかの髪からは、参考になりそうな鑑定結果は出てこなかった。

やはり、数字の意味を理解しないといけない。

「この毛髪鑑定の結果の意味がわかればな」

「イチノ様。スズキ卿の家なら、毛髪鑑定に関する本があるのでは？」

「——そうかっ！」

そういえば、あいつは魔法捜査研究所員の勉強をしていたんだった。

それなら、毛髪鑑定に関する資料があるかもしれない。

関係ないけれど、スズキ卿っていう呼び方はどうなんだ？

まぁ、男爵とわかったんだから、その呼び方が適切かもしれない。

貴族には家名を名乗ることが許されるから、正式にスズキ卿となっているだろう。

「キャロはこの町で、ダイジロウ様、ミリ様、ミルキーさんの情報を集めてきますので、イチノ様たちは、スズキ卿の家でお待ちください」

「ああ、そうさせてもらうよ。いつも悪いな。ありがとう」

俺が礼を言うと、キャロが俺に身を寄せ、俺にしか聞こえないような声で言った。

「お礼なら、夜のベッドで返してください」

「ぶっ」

なんてことを言うんだ。

やっぱり、キャロは肉食系なのか？

「ハルさんから聞きましたよ。イチノ様は、ハルさんにオイルマッサージをさせたんですよね。キャロもさせていただきたいのです。ケンタウロスには敗れましたが、イチノ様にならきっと上手にできるはずです」

「あ……マッサージか。うん、わかった」

でも、夢魔の女王のマッサージって、実はかなり危険じゃないのか？

くっ。意識を持っていかれないように、注意しないといけないな。

鈴木から聞いた住所、そして鈴木という表札。

それを頼りにたどり着いた先にあったのは、竹垣に囲まれた日本家屋だった。

いったい、どこの高級旅館だ？　っていうくらいに広い。

「本当にここが鈴木の家なのか？　同じ名前ってだけのオチじゃないだろうな」

表札には『鈴木』と漢字で書かれている。

「しかし、ご主人様。スズキという珍しい名前が、そうそうあるとは思えません」

「……あぁ、まぁな」

佐藤や鈴木、田中といった名前は、日本じゃ珍しくないんだけれど、異世界ならば珍しい。

というか、家名を持っているのも貴族か富豪くらいだ。

男爵ともなると、このくらいの大きさの家が普通なのだろうか？

俺は准男爵だけど、いまだにこの世界には自分の家がない。

准という言葉が付いているのが原因か、それとも無職が原因か。

ま、まぁ大丈夫だ。

この世界には確かに俺の家はないけれど、でも俺にはマイワールドという家がある。

こっちは星ひとつが家なのだ。負けてはいないというか、むしろ勝っている。

俺は自尊心を取り戻し、門をくぐった。

遠くから鹿威《ししおど》しの音が聞こえてくる。

呼び鈴がないので玄関の引き戸をノックし、

「すみません、どなたかいらっしゃいますか？」

と声をかけると、引き戸が開いた。

中から現れたのは、和服を着た美人だった。赤髪に碧眼。おそらく、こっちの世界の人だと思う。

職業は【料理人：ＬＶ３】と平凡なものだった。

「これ、鈴木から預かったんだけど」

俺は、鈴木から渡された紹介状を、彼女に差し出した。

「これはこれは——クスノキ様ですね。遠路はるばる、ようこそお越しくださいました」

「ありがとうございます」

俺は礼を言って、彼女のあとについていく。

玄関で靴を脱ぎ、スリッパに履き替える。

「——？」

「あぁ、ハル。この家では、靴は脱がないといけないんだ。ジョフレもエリーズもケンタウロ——」

当然のように家の中に入ってくるケンタウロスを見て、和服美人が顔を引きつらせた。

「あ……あれ。馬は隣の馬小屋に案内するように言われているけれど、ロバはどうしたらいいの？　馬小屋？　ロバなのに馬小屋？　そもそも、町の中って許可のない魔物は入れないし、大型の魔物で入れるのは馬だけのはずなのに——あれ？」

突然、和服美人の様子がおかしくなる。

「こんなのマニュアルにない——緊急事態よ、どうしたらいいの？　そうだわ。確か、旦那様から伺ったことがあります。旦那様の故郷では、馬の肉はサクラ肉と呼ばれていたと。ロバも馬も似たようなものだし、食材のお土産ね。うん、それならマニュアルにもあるわ。食材をいただいた場合は――」

　彼女は眉間に皺を寄せてぶつぶつと妙なことを呟くと、明るい笑みを浮かべて言った。

「ジョフレ様とエリーズ様ですね。肉は、焼いたほうがいいでしょうか？　それとも煮込んだほうがよろしいでしょうか？　旦那様から聞いた話では、生で食べるのもお勧めとのことです」

「肉か⁉　肉ならやっぱり焼いたほうがいいな」

「うん。こんがりと、中まで火が通っているくらいにね」

　ジョフレとエリーズが、肉の焼き方について要望を出す。

　ここは、なんの肉か聞いたほうがいいのだろうか？

　そう思ったとき、鈴木が帰ってきた。

「待った、ラナさん！　このロバは食べ物じゃない！　そのケンタウロスは馬と同じ扱いだ。馬小屋に案内して差し上げなさい」

「旦那様、お帰りなさいませ。馬と同じ扱いですね、畏まりました」

　ラナという名前らしい女性は、満面の笑みでケンタウロスを馬小屋へと案内した。

「鈴木、なんなんだ？　いまのは」

「ごめん。久しぶりなので、ラナさんの性格を忘れていたよ。彼女には、この家の留守を守ってもらっているんだけど、なんというか、マニュアル人間でね。なんでもマニュアルに当て嵌めるせいで、ときどき変な事件を起こすんだ」

なるほど——彼女のマニュアルには、ロバが訪問したときの対応はなかったから、ケンタウロスを土産の食材と認識し、それを夕食に出そうとした。宿泊客が新鮮なお肉を土産に持ってきた場合、その肉を夕食時に出す——みたいなマニュアルがあったのだろう。

「客がロバを連れてきた場合は馬小屋に案内するように、接客マニュアルに書き足さないと」

鈴木がため息をついた。

きっとこんな具合で、徐々に分厚いマニュアルになっているのだろう。

「マニュアル外の出来事が起こったとき、上司に連絡するってマニュアルを作ればいいんじゃないか？」

「携帯電話がない世界だから、簡単に連絡は取れないよ。それに、木綿豆腐が売り切れていたから絹ごし豆腐でもいいですか？　って連絡されても困るでしょ？」

「確かに、そりゃ厄介だな」

俺は苦笑し、この町に豆腐が売っているのか——と思った。

そのあと、鈴木に家の中を案内してもらった。

「綺麗な廊下ですね。まるで鏡みたいです」

ハルが板張りの廊下を褒める。

「やっぱりこの廊下は鶯張りで、歩いたら音が鳴ったりするのか？」

「そんな仕かけはないよ。忍者や暗殺者のスキルがあれば、鶯張りにしても物音を立てずに歩けるだろうしね」

「だな——俺も、沈黙の部屋《サイレントルーム》があれば無音で歩ける」

実際、ゴーツロッキーの王宮では、そのスキルを使って足音を消して歩いたしな。

廊下を歩いていると、松の木が植えてある庭園があった。庭には池もあり、さっきの鹿威しの音は、ここから聞こえてきたようだ。

「綺麗な庭だな」

「うん、ラナさんがよくやってくれているよ。彼女はこういう、きっちりしたものが得意だからね。あと、料理も絶品なんだよ。特にお菓子作りが得意でね」

あぁ。確かにレシピ通り、料理を作ってくれそうだ。

変にレシピを変えて失敗しようとはしないだろう。

「エリーズ、知っているか？　ショーワ通りの家の庭のことを、カレサンスイっていうんだぞ」

「カレサンスイ？　どういう意味なの？」

「水のない庭って意味でな。水がない庭の中で水を表現するんだ」

「そうなんだ！　あれ？　でもジョフレ、あそこに水があるよ？」

「なんだとっ！　うーむ——そうだ、あれは水と見せかけて、実はお湯なんだ！」

「お湯を使って水を表現するんだ。カレサンスイって凄いね。じゃあ、あれは露天風呂だね」

「そうだ、露天風呂だ！　これがニホンのワビサビってやつなんだな」

ダイジロウさんにでも聞いたのだろうか？　それとも、別のところから仕入れたのだろうか？

ジョフレたちは中途半端な日本の知識のせいで、凄い勘違いをしている。

ハルが横で納得しているようだ。あとでしっかり訂正しておかないといけないな。

そして、俺たちは和室に案内された。

和室なのだが、座布団や座椅子ではなく、ソファが用意されている。

「応接間にはソファを置いているんだ。こっちの世界の人に正座を強要するのもね」

「いい心遣いだな」

俺はそう言って、ソファに座った。

ラナさんがケンタウロスを連れて馬小屋に行っているため、鈴木が自らお茶を淹れてくれる。

ちなみに、ジョフレとエリーズはお茶を飲むと、屋敷を見て回ると言って出ていった。

隠し扉や吊り天井を見つけたいらしい。

忍者屋敷と勘違いしているんじゃないだろうか？

「ところで、鈴木。魔法捜査研究所員って、毛髪鑑定もできるよな？」

「うん、そうだよ。どうしたの？　興味があるなら勉強を手伝うけど」

「いや――あ、うん、そうなんだ。ちょっと興味があってな。教材とかがあれば、見せてもらえると助かるんだが」

「勿論いいよ。ちょっと待っていてね」

鈴木はそう言って、本を取りにいってくれた。

思っていた通りに、上手くいきそうだ。

「これだよ」

「――凄い量だな」

テキストは、五十冊はあった。

毛髪鑑定に関する本だけで、七冊はある。

「まぁ、種類が多いからね」

「えっと、結果一覧はこれか」

俺は本を広げ、前から気になっていた、危険度の項目を調べる。

俺の危険度は、【危険度：0・3・4・0】。

これがなにを意味するのか？

なになに――危険度の数値は、四種の状態異常の耐性について？

危険度が0の場合は最も耐性が低く、危険度が5の場合は最も耐性が高い。

ちなみに、その四種とは【混乱・麻痺・毒・魅了】らしい。

俺の場合、精神系の耐性は皆無で、毒に関する耐性は高いということか。

病気とか、そういうものじゃなくてよかった。

次に、書き写した項目の中から、ミリの【欲求】について調べた。

その結果、ミリの【欲求】とは――

「……楠君。欲求っていうのは、英語でいうとコンプレックス――つまりね」

「ああ、聞かなくてもわかった」

しかし、この結果を見ると、あのとき調べた髪がミリのものなのかどうか、疑わしくなった。

だって、欲求の項目を見たら、こう書いてあったのだから。

【５２：ブラザーコンプレックス】

いやいや、まさかミリがブラコンだなんて。

そりゃ、拠点帰還《ホームリターン》の魔法にもミリの名前が挙がっていたけれど、それは——いやいやいや。

俺が頭を抱えて本気で悩んでいると、鈴木がノートをチラ見して、急に顔色を変えた。

「楠君！　そのノートの結果、もしかして誰かの髪を鑑定したものなのかいっ⁉」

「ん？　あぁ——まぁ、ミリの手がかりがあるかと思ってな。でも、これは全然使えない」

「この結果、誰のものかわかるかい？」

「この結果？　あぁ、これって変わっているよな」

鈴木が興味を示したのは、【毛根寿命：０】の項目だった。まぁ、確かに印象深い内容だ。

毛根寿命０ってことは、つまり、最後の一本が抜けたってことか？

それとも、寿命が０でも、僅かに猶予があるのか。

「変わっているってもんじゃないよ。これは、大変危険だよ」

「危険だけど、こういうのはどうしようもないだろ」

この世界に、毛髪千本を無料サービスしているような店があるとも思えないしなぁ。

「いや、まだ間に合うよ。これが誰のものか調べないと」

ん？　異世界には、俺には想像もつかないような育毛剤でもあるのだろうか？

鈴木は真剣な表情で、俺に言った。

「呪い項目４２……狂乱化の呪いが発動する前に解呪《かいじゅ》しないと」

鈴木は毛根寿命ではなく、呪いのほうに興味を示していたようだ。

そういえば呪いもあった。

すっかり忘れていた。

「狂乱化の呪い？　なんかヤバそうな名前だが、どういう呪いなんだ？」

そう尋ねながらハルを見たが、彼女は首を横に振った。

彼女の知識量はキャロには劣るが、幼少期は魔王城でさまざまな本を読んでいたので、結構物知りだ。そのハルも聞いたことがないとすると、マイナーな呪いなのだろう。

鈴木は俺の問いに答えるように、呪いの説明をした。

「狂乱化っていうのは、その名の通りの呪いだよ。特定の文言《ワード》を聞くと、職業が狂戦士という犯罪職になって、固有スキルが発動するんだ」

いきなり職業が変わる場面を想像してみた。俺が持っているような職業変更スキルがない普通の人は、職業が変わってしまったら教会などの施設に行かないと、転職することができない。

しかも、犯罪職っていうことは、一般人はその職業に就いたことがないはずだ。つまり、強制転職のあとはレベル１になる。

戦闘中に呪いが発動し、レベルが１になったら死に直結するかもしれない。

ただ、鈴木の表情から察するに、恐ろしいことは別にある。

「……その職業、もしかして固有スキルは、かなりヤバイものなのか？」

「その通り。狂戦士の固有スキルはふたつあって、ひとつは狂乱化。約一時間、混乱状態になる代わりに、ステータスが大幅に上がるんだ。しかも、転職後はすぐに発動して、そのあとも発動する。レベル1の狂戦士でも、レベル20くらいの剣士と同じような強さになる。普通の人なら十秒とかからずに絞め殺せるくらいの力が、手に入ることになるね」

「それは確かに厄介だな」

「厄介なんてものじゃないよ。狂戦士のもうひとつの固有スキルは、同族殺し――同じ種族を殺した場合、通常の十倍の経験値が手に入るんだ」

十倍――俺の成長速度四百倍に比べれば、大したことはない。

しかし、しかしだ。

『やっぱり人を殺すとレベルが上がりやすいな！』

かつて、フロアランスの迷宮で山賊が言っていた言葉が甦る。

レベル1の狂戦士が暴れ、十人の同族を殺したとする。すると、百人を殺したのと同じ経験値が手に入る。

レベルが上がれば、本当に手に負えない状態になるな。

「人が少ない場所なら犠牲者も少なくて済むけれど、人混みの中で呪いが発動すれば最悪だよ」

「……その呪いは、風土病みたいに自然に発症するものなのか？」

「いいや。呪術の心得のある者が、儀式を行って発動させる必要がある。人を呪わば穴ふたつ――

そのクラスの呪いとなると、かけるほうもレベルが1に下がったり職業を失ったり、下手をすれば命すら危ぶまれる。危険な呪いだよ」

「そんな呪いが――」

　ハルが知らなかったのも無理はない。

　それにしても、混乱か。

　俺には、混乱耐性はない。

　万が一、職業安定所スキルを使ったときに狂戦士が出現しても、転職しないようにしないとな。

「とはいえ、誰の髪かわからない以上、探しようもないのは事実だね。衛兵に報告しておけば、調査はしてくれるだろうから、たぶん大丈夫だと思うよ」

「任せたよ、男爵様」

「うん。任されたよ、准男爵《バロネット》殿」

「なんだ、横文字は少しカッコいいな。えっと、男爵はなんだっけ？」

「バロンだね」

「そうか。じゃあ任せたよ、男爵《バロン》殿」

　俺たちはそう言って頷いた。

　しばらくすると、キャロがやってきた。

　あと数分、帰りが遅かったら心配していただろう。俺の心を読んでいるかのような、見事な到着時間だ。

キャロは、日本の文化についても情報を仕入れていたらしく、俺が説明するまでもなく玄関で靴を脱ぎ、スリッパに履き替え、下駄箱の横に靴を揃え直した。

行商人にとって、現地の風習や礼儀作法を知ることは、とても重要らしい。

「これが、イチノ様の故郷の建築様式ですか。とても機能性にあふれた建築ですね」

キャロはそう言って、家を褒めた。うん。日本の建築って、やっぱり機能美もあるよな。さすがキャロは、目の付けどころが違う。

まぁ、俺の家はファミリータイプのマンションだったので、こういう日本建築の機能美の恩恵は、あまり受けなかったけれど。

「では、調べてきた資料をお見せします。造船所ドックの職員ですが、近くに住んでいる事務員から情報を集めたところ、彼らが知っているのは経理関係に関する資料のみでした」

「じゃあ、行き先については、まったくわからずじまいってことか」

「いえ。燃料には魔石を使っているのですが、ダイジロウ様が購入なさった魔石の量から鑑みて、飛行可能時間は二週間。ほかの大陸に渡るのは不可能です。飛空艇は東の町に向かったということですから――スズキ卿、この大陸の地図はお持ちでしょうか？」

「あ、うん。ちょっと待って」

鈴木は地図を持ってきて、広げた。

「二週間以内に魔石が補給できる場所。魔石は、ダンジョンの中でしか取ることができません。イチノ様が購入なさったダンジョンの場所が書かれた本と、この地図上の町の位置を考えると、大量の魔石を補給できる町は七カ所。そのうち、飛空艇が着陸できる地形や、ツァオバールとの友好関係国などを考慮したところ――」

キャロは、指で三カ所の町をチェックした。

どれも、南大陸東部にある港町だった。その三カ所は、決して近い距離にあるとはいえない。

しかし――

「その三カ所に絞れたということは、東に向かったという飛空艇の目撃情報から、どこの町かがわかるってことか」

「はい、その通りです。勿論、ダイジロウさんがアイテムバッグの中に、私的に大量の魔石を所有している場合は、東大陸に渡ることも考えられますが」

「最悪は想定しない。そもそも、こっちは徒歩で飛空艇に追いつこうとしているんだからな」

俺はそう言って頷いた。

「凄いね、キャロルちゃんは」

「だろ――戦闘面ではハルが、情報面ではキャロが。どっちも、俺にとっては大切な人だよ」

「そうか――桜さんは?」

「んー、真里菜はムードメーカー?」

大道芸人だしな。

それに、俺の目的のひとつでもある。

彼女を日本に戻す——ハルやキャロと出会い、日本に戻らないと決めた俺にとって、彼女の目標は、俺のもうひとつの可能性だった。

本当なら、このマレイグルリで真里菜とダイジロウさんを引き合わせて、日本に戻すための手助けをしたかった。そして、その希望はいまでも俺の中に残っている。

「あっと、ごめん。キャロルちゃんのお茶を淹れてくるね」

鈴木はそう言って苦笑すると、キャロの分のお茶を淹れにいった。

キャロは鈴木の背中を見送ったあと、俺にさらなる報告を続ける。

「それと、ミルキーさんの本についてですが……」

「そっちもわかったのか？」

「はい、ミルキーさんはこの町に残っているそうです。居場所はわかりませんでしたが」

「居場所はわからないのに、この町に残っているってことはわかるのか？」

「はい。もうすぐ、文集を販売するイベントがあり、そこで出品なさるそうです。出品する本人が参加する必要があるそうなので、この町にいるのは間違いないと思います」

文集の販売イベント。

それを聞いて、俺はそのイベントの正体を知った。

間違いない。同人誌の即売会だ。

どうも、マレイグルリは昔から、転移してきた日本人や、その日本人の子孫が住む町らしく、戦争時にもギリギリまで、中立都市として自治を保っていたらしい。その裏には、日本人から受け継がれてきた技術、そして天恵を持つ転移者の存在があったのだろう。

ファミリス・ラリテイがもともと日本人だったため、同郷人に甘かったという可能性もあるかもしれない。残念なことに、戦争の終盤はこの地も戦火に見舞われたそうだが、魔王との戦争が終わり、日本人のダイジロウさんが市長になって、その自治はいまだに続いている。

そのため、日本人街にはさまざまな日本の文化が根強く残っている。

なにが言いたいかというと――

「最高だ。ビバ、日本」

俺は、客室としてあてがわれた和室の中で、ハルとキャロの艶やかな浴衣姿を見て言った。

ラナさんが持っていた着物を試着してみたけれど、着付けに時間がかかったのと、動きにくいということで、ハルとキャロは少し不満そうだった。結果、浴衣姿になったが、これはこれで最高だった。

着物はもらったし、キャロが着付けを完全にマスターしたので、また着てもらおう。

「これは動きやすくていいですね。尻尾を出すための穴を、あとでピオニアに開けてもらいましょう」

ハルがそう言って軽く動く。

ミニスカ浴衣のため、あまり動き回るとブルマが見えそうだが、それはそれで楽しみだ。

俺はハルの動きを邪心を込めて見ていると、彼女が上段蹴りの動きを見せた。

そのとき、事件は起こった。

「――ぶっ！」

俺は思わずお茶を吹き出し、

「ハ、ハル……」

「どういたしました？　ご主人様」

「お前、ブルマはどうした？」

「……？　キャロの情報によると、浴衣や着物を着るときは、下着は着用しないということでしたので」

俺はキャロを見た。

すると、キャロは魅了変化のスキルを使ったのか、大人の姿になっている。

「勿論、上も着けていません」

キャロはそう言って、浴衣の前襟をちらりと引っ張った。

浴衣から、ふたつの山がこぼれ落ちそうになっている。

俺はもう一度「最高だ。ビバ、日本」と呟いたが、外に出るときは、パンツだけは着用してもらうように頼んだ。

そして、俺たちは浴衣のまま食事に向かった。

「やっぱり、女の子の浴衣姿はいいね。食卓に花が咲いたみたいだよ」

鈴木は、自然な口調でハルたちの浴衣姿を褒める。

ハルたちも、褒められてまんざらではなさそうだ。

「鈴木、ハルたちを邪《よこしま》な目で見るなよ」

「見てないよ。友達の彼女を取るつもりはないって」

そうだよな。こいつには、すでに三人も彼女がいるもんな。

もしかして、ラナさんも鈴木ハーレムのひとりなのだろうか？　そのうち、ポチも人化の術を覚えて、鈴木ハーレムの一員になるのだろう。

なにしろ、こいつは主人公補正を持っている、根っからの主人公体質だからな。

そう思っていたら、その鈴木ハーレム候補のラナさんが、料理を運んできた。

客人である俺たちの前に、料理が並んでいく。

出てきたのは、ざる蕎麦だった。

わざわざ竹すだれが敷かれているあたり、こだわりを感じる。

「十割蕎麦だよな」

「うん。小麦アレルギーも克服できたから、二八蕎麦も食べてみたかったんだけれど。ほら、うちの料理はラナさんが作ってくれているから、レシピの変更はラナさんを混乱させそうだからね」

「それは言えてる」

俺は苦笑しながら言った。

キャロとハルが、十割とか二八蕎麦とかがどういう意味なのか尋ねてきたので、辞書に書かれている程度の説明をした。

そして、四人で蕎麦を食べる。

鈴木は音を立てずに静かに食べていた。カップ麺を食べるときは、豪快に音を立てていたくせに。

音を立てて豪快に食べたいところだけれど、ハルとキャロも慣れない箸を使って静かに食べているし。郷に入っては郷に従え、俺も静かに食べることにしよう。

「沈黙の部屋《サイレントルーム》」

口元に魔法を使い、豪快に啜った。

音がないと、やっぱり少し物足りない気がする。

鈴木は苦笑していた。

彼が音を立てずに食べるようになったときも、俺と同じ気持ちだったのだろう。

「鈴木、このつけ汁……ちょっと味が変じゃないか？　色も黒くないし」

「うん、どうしてもつけ汁の味が再現できなくてね。醤油も味醂もないんだよ」

鈴木は残念そうに言った。醤油も味醂もないのに、このつけ汁……。

そういえば、航海中、久しぶりに醤油の匂いを嗅いだって言っていたし、ドクスコも清酒のことを、幻の酒だって言っていた。

あまり発酵技術が発達していないのかもしれないな。

せっかく日本文化なのに、勿体ない。

ここは、あいつに頼むとするか。

「まず、最初に言うが、醤油作りの基礎――麹作りは、料理よりむしろ農作業に近い。なぜなら、コウジカビは生きているからだ」

鈴木の家の一室を借りて、鈴木が長年再現できずにいた醤油作りのレクチャーをしているのは、ニーテだ。

醤油の作り方について、俺から説明してもよかったのだけれども、一通りの作り方は知っていても、質問に答えられる自信がない。

そこで、マイワールドからニーテを呼び出した。本当はピオニアのほうが詳しいそうなのだけれども、あいつは引きこもりだからな。マイワールドから出てくることはない。

シーナ三号も知識はあるのだが、あいつは鈴木と面識があって死んだことになっているから、消去法でニーテとなった。

「キャロルちゃんは凄いね。まさか、町の中にたまたまいた、もやし屋のお弟子さんを見つけてくるなんて」

鈴木はキャロを褒めた。ちなみに、もやし屋というのは、種麹屋のことらしい。

ニーテの存在は、名前はそのままに、かつて日本で種麹屋をしていた転移者から知識を教わった、もやし屋の弟子という設定になっている。

「俺が驚いたのは、集まった人数だな。てっきり三、四人が集まる程度かと思ったんだが、まさかこんなに集まるなんて」

五十人もいた。それだけの人数が醤油作りに興味があることと同じくらい、鈴木の家に五十人も入る部屋があったことに驚いたけれど。

ニーテの説明を聞き、全員が熱心にメモを取っている。

なかには日本人っぽい人もいたけれど、ほとんどはこっちの世界の人たちだった。

「この世界に転移してきた日本人にとって、醤油作りと米作りは、二大テーマっていわれていたんだよ。そのうち、米作りはどういうわけか三百年前に魔王軍が実現させて、いまでも少量だけど出回っているよ。味は、日本の米には劣るけれどね」

その話は聞いていた。

まぁ、いずれ偶然を装って、コシヒカリの苗を送ることにしよう。

「ところで、鈴木。ジョフレとエリーズはどうしたんだ？」

家の中を探索すると言っていたから、一時間もあれば終わると思っていたんだけれど。

昨日の夕食にも、今日の朝食にも姿を現さなかった。

「え？　楠君がなにも言わないから、てっきり楠君が知っているんだと思っていたよ」

「……ちなみに、ケンタウロスは？」

「夕食と朝食で、備蓄の食料を半分くらい食べていたかな」

鈴木の家の備蓄食料への損害が凄かったらしい。

「となると、ふたりは町の外に出たわけじゃないよな。いったいどこに？」

「んー、もしかして、本当にこの家の秘密の抜け穴を見つけて、探索しているのかも。僕の家の地下は、この家ができる前からあって、かなり複雑な構造になっているらしいんだ。記録によると、数百年前にはあったらしいんだよ」

「なんでそんな場所に家を作っているんだよ」

仕方がない。また例の方法で、ジョフレたちを救出するとするか。

俺はキャロを見て、言った。

「キャロ、頼みがあるんだが――」

彼女は俺がどんな無理難題を頼んでも、いつも笑顔で引き受けてくれる。今回も笑顔で引き受けてくれた。

しかし、その笑顔が引きつっていたのは、見間違いではないだろう。

「……トマト五百個で引き受けてくれることになりました。前払い三百個、成功報酬二百個……」

ジョフレとエリーズ捜しをケンタウロスに一任しようと思い、キャロに交渉してもらった結果、以前より高額になっていた。

実は、こんなこともあろうかとアイテムバッグにトマトを大量に入れてあるのだが、その数がちょうど五百個だった。

ケンタウロスの奴、俺のアイテムバッグの中身を、正確に把握していたのではないだろうか？

トマトを三百個渡すと、ケンタウロスは一瞬のうちに食べた。まるで魔法みたいだ。

そして、歩いていく。

向かった先は、庭にある倉庫。鍵は開いており、地下に続く階段があった。

鈴木の予想通り、奴らは本当に地下に行ったようだ。

「これで安心だな」

俺はそう言って、後払い用のトマトを鈴木に預ける。

「楠君はこれからどうするの？」

鈴木が尋ねる。即売会まで、まだ日数はある。

町の観光や即売会会場の下見もいいんだけれど、やはり狂乱化の呪いが気になる。

呪いを解くには、解呪ポーションという薬を飲ませるか、ディスペルという魔法をかける必要がある。世界で数人しか使えない魔法であり、修得するためには、法術師のレベルを８０まで上げなければいけないそうだ。

「えっと、マレイルグルリには迷宮があるんだっけ？」

「うん、三つあるよ。初級者向け、中級者向け、上級者向けの迷宮が」

へぇ、三つもあるのか。

フロアランスみたいだな。

「じゃあ、ニーテさんの種麹の講座が終わったら、彼女を宿まで送り届けてから、上級者向けの迷宮に行ってみるよ。ハルとキャロも一緒に来るだろ？」

「はい！　とても楽しみです」

「キャロも頑張ります」

ふたりはふたつ返事でついてくる意思を示した。

　特に、ハルはとても嬉しそうだ。迷宮探索が好きなんだろうな。ゴーツロッキーの迷宮探索は、かなり時短の攻略だったし、魔物も歯応えがなくて物足りなかっただろうし。

「迷宮の場所は、魔法街の魔道具通りの奥だからね。案内板は町のあちこちにあるから、迷うことはないと思うけど、地図を用意しようか？」

「ご安心ください。町の迷宮、及び観光名所、冒険者ギルドや傭兵ギルドなどの公共施設、評価の高いレストラン、災害時の避難場所、夜景の綺麗なホテルの場所は、キャロがすべて把握しております」

　さすがキャロだな。でも、なんで最後に、夜景が綺麗なホテルの場所を持ってきたんだ？　夜は鈴木の家に泊まるからな。

「私も、上級者向け迷宮の魔物の情報は、昨夜《ゆうべ》のうちに集めておきました。上級者向け迷宮は、魔法生物系の魔物が多いんです」

　ハルも調べていたのか。俺が提案することを見越していたのか、それとも俺が提案しなかったら、ハルから提案するつもりだったのか。

「魔法生物？」

「スライム、ガーゴイル、ゴーレム。あとは、リビングメイルやミミックA型などですね。生物のなかでも、魔法の力で動いているといわれる魔物です」

「ミミックA型？」

「ミミックには、A型とB型があります。A型は宝箱そのものに化けているタイプの魔物で、B型は迷宮の中に設置された宝箱の中に隠れているタイプの魔物です。ちなみに、宝箱の形が基本ですが、壺の形のミミックもいますね」

ハルがスラスラと説明をする。

ミミックにも、いろいろといるんだな。

「ミミックって、小さなメダルを落としたりするのか？」

「いえ。ミミックはレアモンスターではありませんから、レアメダルは落としませんね」

「だよな」

俺はそう言って苦笑した。

ちなみに、ニーテの醬油作り講座は終了予定時間を大幅に超過し、結局昼過ぎまで終わることはなかった。

そのせいで、俺たちの出発も昼食後に先延ばしになった。

「で、ニーテはキャロが調べた、夜景の綺麗なホテルに連泊することになったのか」

「おう、せっかくのバカンスだからな」

醬油作りの礼金はさほどではないが、コウジカビの売り値がかなりのものになったらしい。

ニホンコウジカビは、そもそもこっちの世界に存在するかどうかもわからない菌だ――高値になるのも致し方ない。

お金は断ろうとしたのだが、逆に、お金を受け取ったほうが後腐れがなくていいと、鈴木が口添えしてきた。

むしろ無償で済ませたら、今後、このコウジカビを増やす仕事をする、もやし屋の利益を奪うことになりかねないと。

そのため、ニーテはそのお金を使って、バカンスを楽しむということになった。

ピオニアの許可はもらっている。

「ピオニア姉さんには悪いが、贅沢なホテルに泊まらせてもらうよ。マスターにも、予備の鍵を渡しておこうか？　凄いんだぜ。ワンフロア貸し切りで、ゲストルームまであるんだ」

「いらねぇよ」

わざわざ鍵を取りにいくのも、返しにいくのも面倒だ。

そう言ったのに、あらかじめ用意していたらしく、「鍵はラナに渡せばいいだろ」と言って、俺に鍵を押し付けてきた。

ちらりと見ると、キャロが期待の眼差しで俺を見ている。

なるほど、キャロが促したのか。

「……わかった。まぁ、夜に時間があれば遊びにいくよ。ホテルのルームサービスも気になるしな。そういえば、教えたのは醤油だけで、日本酒の造り方は教えなかったんだよな？　なんでだ？」

「んー、ちょっと国の制度とか環境とか、気になることがあってな。杞憂かもしれないが、胸糞わりぃオチになりかねないからな。あたしなりに調べてから教えることにするよ」

制度と環境？

よくわからないけれど、面倒だとかそういう理由ではなく、ニーテなりに考えているのならいいか。きっと、こっちの世界の米が日本酒造りに適さないとか、そういう理由だろう。

ちなみに、本来醤油作りは半年以上かかるそうなのだが、さすがは異世界。

熟成を促すスキルが存在するらしい。マイワールドのように、植物が一瞬で育ったり一瞬で発酵したり——というわけにはいかないが、それでも一週間くらいで醤油ができるらしく、鈴木もいまから楽しみにしているそうだ。

そして、鈴木が醤油を楽しみにしているのと同じように、ハルもまた迷宮探索を楽しみにしていた。

ハルが着ている浴衣はまだ尻尾の穴が開いていないので、彼女の浴衣の下で大きく尻尾が揺れていた。

「……ハル、楽しみなのはわかるが、尻尾を自制する訓練を忘れるなよ」

「——っ！　申し訳ありません」

ハルはどうやら、尻尾が揺れていたことに気付いていなかったらしい。

尻尾にぐぐっと力が入っているのがわかる。小刻みに震えていた。

尻尾の制御は思ったより大変そうだ。

俺たちはアザワルド街を通り抜け、魔法街にたどり着いた。

魔法街という名称を聞いて、俺は魔道具が大量に揃っている謎の都市を予想していたのだが、実際は全然違った。

どちらかといえば、工場街に近い。

円柱の煙突から出る煙を見ているだけで、気分が悪くなりそうだ。

「魔法街は、魔道具などを生産している工房が多く建ち並ぶ区画ですね」

キャロが煙突を見上げてそう言った。

そういえば、観光に適した場所は日本人街だけだって言っていたな。

「ここはあまり観光向きではないな」

「観光できるとするなら、展望塔だけですね。あそこにある塔は最上階が展望台になっていて、町を一望できるレストランもあるそうです」

キャロが指さした方向には、高さ三十メートルくらいの塔があった。

「昇るのが大変そうだな」

高いところからの景色は綺麗だろうけれど、俺は鷹の目のスキルがあり、三十メートルどころか数百メートル上空から地上を見下ろすことができるので、あまり魅力は感じない。

「えれべーたーという乗り物があるから、自動的に昇れるそうです」

「エレベーターがあるのかっ⁉」

飛空艇があるから不思議ではないが、しかしそんなものがあるのか？

「はい――水力えれべーたーといって、地下水の流れを動力にしているようです。魔法街の施設には、ほかにも地下水の流れを動力に利用している設備が、いろいろとあるそうです」

水力発電のようなものだろうか？

俺はハルをちらりと見て、

「まぁ、展望塔は逃げはしないし、今日は予定通り迷宮探索にするか」

そう言って、ハルが楽しみにしている用事を優先させることにした。

ただでさえ、ニーテを待つのに時間がかかっているからな。

「キャロ、迷宮はどこにあるんだ？」

「はい、あの展望塔の地下です」

「……あ、うん。じゃあ、迷宮攻略が終わったら、展望台も見てみるか」

「「はい」」

ハルとキャロは頷いた。


展望塔にはふたつの入口があって、俺たちは右側の入口に向かった。

扉の前には見張りらしき男がいたけれど、ハルが冒険者ギルドの登録書を見せると、俺たちはすんなりと中に入れた。

「もっと、審査とかを厳しくしなくていいのだろうか？」

俺はそう言って振り返る。入口の扉はすでに閉じられているので、男の姿は見ることができないが。

「迷宮に入るための審査なんて、どこでもあの程度ですよ。犯罪者が迷宮に入り込まないための、見張りのようなものですから」

「フロアランスの迷宮には、犯罪者が入り込んでいたけどな」

「小さい町なら、一日中見張りが立っているほうが稀ですからね」

ハルがそう言った。俺も、ノルンさんたちの仕事が雑だったとか、そういう意図で言ったのではない。

「どちらかといえば、許可なく迷宮の中から魔物を連れ出したりするのを、防ぐための見張りですからね」

ハルの言葉を継ぐようにキャロが言った。

確かにそれは重要だよな。

あとは、魔物があふれ出ないようにとか、そういう意味もあるのだろうか？

俺は、ダキャットでの出来事を思い出して身震いした。

大量に現れた魔物の群れ。

あのときはキャロのスキルのお陰で、むしろボーナスステージだった。レベルが大量に上がった。

だが、もしもキャロがいなかったら、もしも夜ではなかったらと、いま考えるだけでも恐ろしい。

俺たちは果たして、フェルイトを守ることができただろうか？

いや、無理だ。

いまの俺でも無理だろう。

「でも、これからの俺が、無理じゃない理由にはならないか」

「イチノ様？」

俺の独り言に、キャロが僅かに怪訝な表情を浮かべた。

「いや、こっちの話だ」

さて、久しぶりに時間制限のない迷宮探索だ。

じっくり楽しませてもらおうか。

まずは、現在の職業を確認する。

【無職ＬＶ１１８　上級鍛冶師ＬＶ１８　上級錬金術師ＬＶ２４　魔工鍛冶師ＬＶ１０　魔記者ＬＶ３１】

ゴーツロッキーの南にある、女神ミネルヴァ様のダンジョンを攻略したときの職業にしている。魔王竜を倒したときに無職のレベルがかなり上がったので、今回のダンジョン攻略では、無職のレベルが１２０になるかもしれないな。

あとは、法術師のレベルを上げておこう。

「しばらくは、ハルとキャロ、ふたりで戦ってくれ」

「ご主人様は戦わないのですか？」

俺が第三職業を法術師に変更しながら提案をすると、ハルが不思議そうに尋ねた。

「とりあえず、三階層までは戦わないつもりだ。ハルとキャロの強さを知っておきたい」

キャロの強さが少し不安だ。いくら彼女が第二職業まで解放されていて、ふたつの職業のステータスが合算されているとはいえ、薬師は非戦闘職だし、夢魔の女王も魔法職である。

物防値がハルの三分の一にも満たない。

「キャロには、俺が渡した火の指輪と魔法の攻撃を使ってもらう。決して魔物に近付かないように。そうだな、どうせならゲーム形式でいくか」

「ゲーム形式ですか？」

「約三メートルだ。魔物や、魔物の攻撃がキャロから約三メートル以内に近付けば、俺が動く。俺が動くようなことがあれば、ハルとキャロの負け。逆に、俺の出番がないまま全部終われば、ハルとキャロの勝ちだ。ハルとキャロが勝ったら、ご褒美っていうのはどうだ？」

「「やりますっ！」」

ふたりの目が強い光を放つ。

あ、あれ？

そこまでやる気になるなんて、不安なんだけど？　この前、シーナ三号と一緒に作ったパンケーキが好評だったから、今度はドーナツを揚げようかな？　とか考えていたんだけれど、それだけでは済まされない雰囲気だ。

迷宮の一階層。いきなり登場したのはスライムだった。

しかも、ただのスライムではない。通路がスライムで埋まっている。しかも、スライムの体は半透明ではあるが分厚すぎて、目視では核がどこにあるかわからない。

スライムには物理攻撃が効きにくいから、ハルには戦いづらいか？

と思っていたら、スライムから触手が縦横無尽に伸びて、俺たちを襲ってきた。

いくら狭い通路とはいえ、幅は五メートル近くある。短剣ですべてを切り落とすのは無理だろう。

早速俺の出番か？　と思ったら、ハルが一瞬にして触手をすべて切り落とした。

疾風の刃と炎の竜牙の効果により、風炎の刃が巻き起こって触手を焼き切ったのか。

しかし、新たな触手が生えてきて、うねうねと動いている。

このまま短剣の魔力を使っていていいのか？

短剣の魔力は無尽蔵ではない。この先もスライムが出る可能性を考えると、やはり一度下がったほうがいいのではないだろうか？

俺がハルに、そう言おうとしたときだった。

「眠れ《スリープ》！」

キャロが魔法を唱えた。

すると、スライムの触手の動きが止まった。

眠りの魔法か。

そして――

「悪夢《ナイトメア》」

キャロが、さらに聞いたことのない魔法を唱える。

しかし、不発だったのだろうか？　なにも起こらない。

だが、それは間違いだった。

すでに魔法の効果は発動していた。

【イチノジョウのレベルが上がった】

俺のレベルが上がった――つまり、スライムが死んだのだ。

それが証拠に、スライムの体はダンジョンに呑み込まれるように消えていき、大きな魔石と、スライムの核らしき大きなゼリー状の玉だけが、その場に残った。

「キャロ、いまのは？」

「眠っている相手のＭＰを奪う魔法です。魔法生物は、魔力がなければ生きていけませんので。奪うとはいいましたが、キャロのＭＰが回復するわけではありません。以前、イチノ様が竜を倒したときに覚えた、夢魔法のひとつです」

夢魔の女王のスキルらしい。

「証拠も残らないし、暗殺向きだな。もしかして、最強じゃないか？」

「普通の生物なら、魔力枯渇になっても、死ぬことはありません。それに、ゴーレムやガーゴイルが眠ることはありませんから」

「え？　ゴーレムって眠らないのか？　笛の音色とかで」

「眠りませんね。そもそも、眠るという機能が存在しないのかもしれません」

そりゃそうか。ゴーレムがいびきをかいて眠るって、考えてみればシュールだ。

「ピオニアさんたちが眠らないのと同じでしょうか？」

ハルが聞いた。

「ピオニアさんたちは眠る必要がないだけで、眠ることはできますから、違いますね」

そうだな。いまごろニーテも、スイートルームのベッドの上でごろ寝しているだろうし。

ただ、あいつらは状態異常無効のスキルがあるから、眠りの魔法は効かないだろう。


スライムを倒したあとにさらに進むと、宝箱があった。

ＴＨＥ・宝箱という感じの箱だ。

魔物の気配はない。ミミックということは、なさそうに思える。

それにしても、宝箱か。

「キャロ、宝箱って初めて見るけれど、あれって誰が置いているんだ？」

「宝箱を生み出すのは迷宮です。上級者向けの迷宮のように、最下層までたどり着くことが困難な迷宮にのみ存在します。人間に迷宮に入ってもらわないと、瘴気の循環が難しいですから、そのためだといわれています。ちなみに、中には宝石の原石や貴重な鉱石が入っています」

なるほど。俺がいままで宝箱を見たことがなかったのは、俺が攻略した迷宮の中に、上級者向けのものがなかったからだろう。

「開けてみますね」

ハルがそう言って、宝箱に手をかけた。

「罠が仕かけられている可能性は？」

「低階層の宝箱に罠が仕かけられていることは、まずありません」

キャロがそう言ったとき、ハルの手が動いた。

「ハルっ⁉　なにがあったんだ？」

「宝箱から矢が飛び出してきました。なんとか掴み取ることができましたが――」

「そんな。低階層の宝箱に罠があるなんて」

キャロはそう言って宝箱を見た。

宝箱の中には、トパーズの原石と一緒に、ボウガンのようなものがあった。

宝箱を開けたら、矢が放たれる仕かけになっていたようだ。

「イチノ様――これは緊急事態です」

「あ……やっぱりそうなんだ」

俺はそう言って、ボウガンを取り外す。

うん。これはこれで売れそうだ。

しかし、なんか最近、緊急事態ばっかり起こって、胃もたれしそうなんだけれど。

「はい。第一級討伐対象のレア魔物――トラップドールが発生している可能性が高いです」

「トラップドール？」

当然、初耳だ。

レア魔物というから、珍しい魔物であるということはわかる。

「トラップドールは、ダンジョンのあちこちに罠を張り巡らせる人形型の魔物です。しかも、トラップドールが死んでも仕かけた罠は残ります。十数年前に一度、上級者向けダンジョンに出現して、討伐が遅れたダンジョンには数千もの罠が仕かけられてしまい、すべての罠を撤去するのに、長い年月を要したそうです」

キャロが、トラップドールについて説明した。

つまり、かなり厄介者ということか。

「罠については、罠師の職業を持つ人がいれば、発見、解除は可能でしょう。罠師は、冒険者ギルドで講習を受ければ、誰でもなることが可能です」

「しかし、いまから講習を受けるのもなぁ」

ここは、一度地上に戻って冒険者ギルドに報告するだけで済ませるか、罠を無視してダンジョンを進むか、どちらか選ばないといけないな。

「それでしたら、ダークエルフのなかから、罠師のスキルを持っている人を連れてくるのはどうでしょう？」

ハルが思わぬ提案をした。

しかし、それはまずいだろう。ダークエルフは対外的には、すべて教会に滅ぼされたことになっている。

誰かに出くわしたとき、彼女たちがまだ生きていることが知られたら厄介だ。

そう言おうと思ったが、

「それがいいでしょうね」

キャロがハルの意見に同意した。

「え？　いいのか？」

「はい。さすがに、特徴的な耳をそのままにするわけにはいきませんが、帽子を被っていれば、ダークエルフと気付かれることはまずありません。それに、上級者向けのダンジョンに入る人は少なく、ほかの冒険者と出くわすことも稀ですから」

「そういえば、俺もダンジョンの中で、ほかの人と出会うことはあまりないな」

そうか、問題ないのか。

さすがに大勢のダークエルフを連れて歩くのは目立つので、誰かひとりに頼むことにしよう。

ダンジョンの小部屋から、俺はひとりでマイワールドに戻った。

薄暗いダンジョンの中から移動したので、マイワールドの光がまぶしくて、俺は目を細めた。

トンネルを抜けて雪国に突入した運転手の気分だ。

誰かいないかなと思っていると、デザートランナーのナナワットが、一番に俺に近付いてきた。

俺の前で頭を下げるので、その頭を撫でてやり、アイテムバッグの中から肉を取り出して与えた。

ナナワットは一瞬でその肉を平らげると、背中に乗るようにと、横を向いて屈んだ。

俺が乗ると、ナナワットはゆっくりと立ち上がる。

「とりあえず、誰かいる場所に連れていってくれ」

俺がそう言うと、ナナワットは勢いよく出発した。

しばらく走ると、牧草地でのんびりと草を食べるスーギューたちとフユンがいて、セミロングくらいに髪が伸びたシーナ三号が、ピッチフォークを使って厩舎に干し草を運んでいた。

しっかりと働いているようだ。

彼女は俺を見つけると、ピッチフォークを放り投げて、こちらに走ってきた。

「マスター、お帰りデス！　魔力の補給をお願いしたいデス」

「魔力の補給って、前にしただろ？」

「髪を伸ばすのに、だいぶ使ってしまったのデス」

そう言って、シーナ三号はセミロングになった自分の髪を俺に見せつけるように、くるりと回った。

「魔力で髪が伸びるものなのか」

まぁ、植物も伸びるくらいだし、髪も伸ばせるのか。

ケンタウロスを連れてきたのは俺の責任なので、今夜魔力を与えることを約束した。

さすがに、この場所で背中を見せて、マッサージをしてもらうつもりはない。

シーナ三号に、ダークエルフたちはいないのかと尋ねると、今日はダークエルフたちは休みを取り、黄金樹の前で祈祷をしていると言われた。

ちなみにピオニアは、現在は酒蔵で日本酒を造っているらしい。

俺はナナワットに乗り、黄金樹がある森へと向かった。

いつも、森林の前にはスーギューや鶏がいるし、海辺にいるジュエルタートルたちが誤って森に入り込まないための巡回も行われているはずなのに、今日は誰もいなかった。

なにか特別な日なのかと思いつつ、黄金樹のある場所に向かうと、そこには奇跡的な光景が広がっていた。

光り輝く黄金樹が、さらに強く輝いていたのだ。

その黄金樹を取り囲むようにして、ダークエルフたちが舞っている。

「祭りか？」

俺がそう呟くと、ダークエルフたちがこちらを見た。

全員が緊張した面持ちだったが、俺の顔を見て表情を崩した。

「悪い。邪魔をしたか」

「いいえ、イチノジョウ様ならば問題ありません。すみません、この儀式は我々ダークエルフたちにとって最も大切な儀式のひとつに数えられるので、緊張していたようです」

ララエルが微笑み、黄金樹を見上げた。

「見てください。黄金樹が結実いたしました」

彼女の言う通り、黄金樹には、大玉スイカくらいの大きさの木の実が輝いていた。

木の実の重みのせいで、枝が大きくしなっている。いまにも折れそうだ。

「あれが黄金樹の実か——ララエルたちがあの実を食べたら、子供ができるのか？　実ができるのは、まだまだ先だって話だったが」

ダークエルフたちは、黄金樹の実の種を食べることで懐妊する。

女性しかいない種族であり、ほかの種族との間に子供を作ることができないため、そうすることでしか子孫を増やせない。

もしも黄金樹がなくなれば、彼女たちは滅ぶ運命にある。

そのため、彼女たちにとって黄金樹は自分の親でもあり、神にも等しい存在なのだそうだ。

「いいえ。あの実は大地の実と呼ばれ、黄金樹が成樹になるよりも前に生まれる、魔力の固まりのようなものです。その実を落とし、大地に魔力を満たすことで、次世代の黄金樹を育てるための土壌を、自らの力で育てるのです。中に種はありません」

ララエルがそう言ったとき、ダークエルフたちから声が上がった。

大地の実の重さに耐えられなくなって、枝が折れたのだ。

ダークエルフたちは実のほうに集まり、落ちてきた実と枝を数人で受け止める。

「枝が折れたけれど、大丈夫なのか？」

「はい。私も直接見るのは初めてですが、大地の実が落ちるときは、このように枝が折れるそうです。実に栄養が吸われ、枝も脆くなるのだとか」

「凄い仕組みだな——折れた場所が心配だから、植物回復のスキルを使おうか？」

「お心遣い感謝します。ですが、農家スキルを育てている者はダークエルフのなかにもいますから、心配には及びません」

農家という職業は、下級職だから、なり手も多い。

黄金樹の世話をするためにも必要な職業だし、植物回復スキルを使える者がいるのは当然か。

実際、若手のダークエルフが、黄金樹の幹に触ってスキルを使っていた。

どうやら、実が落ちてきたところで儀式は終わりらしい。

「でも、大地の実ができたのが、この時期でよかったな。もっと早かったら、ケンタウロスに食べられていたかもしれないぞ」

黄金樹の実の皮はスイカみたいに硬そうだけれども、あいつの歯なら簡単に噛み砕きそうだ。

「いえ。それが不思議な話なのですが、そのスロウドンキーが黄金樹の前に立ったと同時に、大地の実がなったのです。それまでは、兆候もなにもなかったのですが」

「そうなのか？　本当に不思議な話だな」

というか、ケンタウロスの奴が黄金樹の前まで来たのか？

そんな報告は受けていなかった。

「スロウドンキーは、実がなったのを見届けると静かに去っていきましたので、実害はありませんでした。スロウドンキーが止まるのが遅ければ、ハルワタート様の剣がスロウドンキーの首に突き刺さっていたでしょう」

なんてことだ。かなり危ないところまで、ケンタウロスは迫っていたらしい。

「ララエル様、大地の実です」

ダークエルフのひとり――ユリスラが、枝から切り取られた大地の実をララエルに渡した。

先ほどまでの輝きは消えたが、金と同じように煌めきがある。

実際、金の成分が含まれているのではないだろうか？

ララエルは、まるで自分の子供を抱くかのように優しく大地の実を撫でると、それを俺に差し出した。

「イチノジョウ様。どうぞ、こちらをお納めください」

「え？　でも、これって大事なものなんだろ？」

「いえ。大地の実は次世代の黄金樹が育つための環境を整えるものですが、この世界ではどの場所でも、黄金樹が育つための栄養がありますから」

そう言われたら、その通りだ。

でも、これって美味しいのだろうか？

貴重なアイテムには変わりないだろうから、いま食べるのはやめて、ミリを助けてから彼女と相談しよう。

そう思い、俺はアイテムバッグに大地の実を入れた。

「イチノジョウ様。それで、なにか御用があったのではないのですか？」

「そうだった。罠師の職業を極めている者がいたら、協力してもらおうと思っていたんだ」

俺はララエルに事情を説明した。

すると、ダークエルフのなかに、罠師を極めている人が五人もいた。

密猟者を捕らえるために、罠の設置技術が必要なのだそうだ。

その五人のうちのひとりはララエルだった。

「そういう事情であれば、私が同行しましょう」

「大丈夫なのか？」

「はい。儀式も終わりましたし」

うん。ララエルが来てくれるのなら、ありがたい。

ついでだから、ルリーナに頼んで、ララエルを俺のパーティのひとりに加えてもらった。

これで、ララエルにも経験値が入ってくるだろう。

魔記者の札についてはリリアナが用意した。

リリアナとルリーナは、ふたりで魔記者のレベル上げを頑張っていたらしく、リリアナはパーティ設定用の札を作れるようになったそうだ。

ジュエルタートルを倒したってわけではなさそうだし、本当にひたすら文字を書いただけでレベルを上げたのだとするなら、凄すぎる。

マイワールドの住民は、全員優秀のようだ。


俺は、ララエルとともにダンジョンへ戻った。

ハルは干し肉を食べ、キャロは本を読んで休憩していた。

ララエルも儀式を終えたばかりなので、その休憩に交じり、地面に座ってお茶を飲んだ。

「では、私は罠の発見と解除に専念させていただきますが、経験値だけいただいて、本当によろしいのでしょうか？」

ララエルが尋ねた。彼女は現在、自分の耳を隠すために、昔、俺の母さんが使っていたニット帽を被っている。これは、ミリが持ってきたアイテムバッグの中に入っていたものだ。

ララエルが申し訳なさそうにしているのは、今回のダンジョン攻略での彼女の担当が、罠の発見と解除だけだからだ。

戦闘については、さっきまでのゲーム形式は中止して、俺も参加する。

「いや。ララエルが罠に専念してくれるお陰で、俺たちも楽に戦えるんだ。俺たちは三人とも、罠に対しては無防備だし。それに、ララエルに分配しても、経験値は十分に入ってくるからな」

俺が魔物を倒したときの取得経験値は二十倍、ハルとキャロが魔物を倒したときの取得経験値は四倍となる。

経験値の分配は、まず魔物を倒した者が半分を手に入れ、残りの半分をパーティ全員で分配する方式となっている。

そのため、ララエルのようにサポートに徹する者は経験値の取得が少なく、レベルが上がりにくい。

法術師のレベルが８０になれば、ディスペルという状態異常回復魔法を修得できる。けれども、その魔法を修得している人が世界に数人しかいないというのも、きっとそのあたりが関係するのだろう。法術師が魔物にとどめを刺すのは、普通の戦いでは難しいだろうから。

「それに、パーティに入れたら第二職業まで解放されるからな」

現在、ララエルは本来のエルフ大弓士に加え、第二職業に罠師の上位職である罠術師をつけている。いまはレベル１だが、レベルが上がれば罠に関するスキルが増えるそうだ。

俺たちはダンジョンの探索を続け、二階層にたどり着いた。

一階層では、宝箱のほかは階段の近くに仕かけられていただけの罠だったが、二階層では四つの罠を見つけた。そのうちのひとつは、なんと落とし穴だった。

「これは、三階層に通じているのか？」

パッカリと開いた、床と同じ色の落とし穴の中心部には、銀貨（に似た石）が固定されている。銀貨を拾おうと近付けば、落ちる仕かけだったらしい。

「そのようですね。無防備に落ちていれば、タダでは済まなかったでしょう」

「だな。足首くらいは、くじいていたかもしれない――でも、よく穴が掘れるな。迷宮の壁とか床って、もの凄い硬いだろ？」

「それがトラップドールの特技ですから。ララエルさん、お願いします」

「はい」

ララエルは道具を使って、器用に落とし穴の枠を取り除く。すると、ダンジョンの床に開いた穴の側面から白いクリームのようなものが現れ、見る見ると塞いでいく。そして、クリームの色はすぐに土色に変わり、ほかの床と変わらなくなった。

修復された床を触ってみると、まだ少し軟らかい。

「凄いな。ダンジョンは本当に生きているんだな」

ダンジョンに放置されたものはダンジョンに取り込まれるという話を聞いたが、こうして修復された床も、また俺を驚かせる。

そう思っていたら、カチャカチャと、金属同士がぶつかる音が聞こえてきた。

現れたのは、動く鎧《リビングメイル》だ。ダイジロウさんが発明した動く鎧《オートマタ》と似た形をしている。

「中に札はないだろうな」

あの程度ならプチサンダーで倒せるだろう——と俺はアクラピオスの杖を構えたが、ララエルが止める。

「イチノジョウ様、あの動く鎧《リビングメイル》の中に罠が仕掛けられています。もう少し距離を取ってから、攻撃してください」

「鎧の中に罠が？　わかった」

動く鎧《リビングメイル》は動きが遅いので、俺たちは走って距離を取った。

「プチサンダー」

一筋の雷の魔法が、動く鎧《リビングメイル》を貫いた。

その瞬間、爆発が起こった。大した威力ではないが、至近距離で爆発していたら、無傷では済まなかっただろう。

【イチノジョウのレベルが上がった】

【法術師スキル：回復魔法Ⅴが回復魔法Ⅵにスキルアップした】

覚えた魔法を確認する。

「キュアサークル——広範囲の低級状態異常回復魔法か」

集団食中毒が起きたときに使えそうだ。

「ご主人様、魔石とインゴットです」

「ありがとう、ハル」

俺は魔石とインゴットを右手で受け取り、左手でハルの頭を撫でた。

浴衣の裾部分が揺れている。また尻尾を振っているようだ。

褒めたあとにすぐ怒るのは、上げて落とすようなものなので、今回は注意するのをやめておいた。

甘いと思うけれど、ハルが喜んでいるほうが俺は嬉しいからな。

「あの、ハルワタート様たちは、ずっとその服でダンジョンを攻略なさるのですか？」

確かに、浴衣姿でダンジョン攻略は不思議だろう。

でも、以前までの服も特別な布で作られたものではなく、ただの普段着だった。

「まぁ、この程度の敵なら、万が一にもハルやキャロが傷付くことはないと思うからな」

本当は、ハルには頑丈な鎧や盾を持ってほしいと思っているんだけれど、彼女は速度重視の戦闘スタイルだから、重いものは着たり持ったりしたがらない。

「それなら、頑丈な布の服を着るしかありませんね」

「いくら頑丈な布でも柔らかい布でも、剣や魔法の攻撃を受けたら一緒だけどな」

防刃ベストとかが、この世界にあるのかな？

それに、厚手の布を使った服は動きにくいらしく、やはりハルが嫌がる。

「それなら、我々と同じ方法で服を作ったほうがいいかもしれませんね。せめて剣くらい防げないと困るでしょうから」

「「え？」」

俺だけでなく、ハルとキャロも初耳だったらしく、三人揃って尋ね返した。

まるで、ダークエルフたちの服なら、剣による攻撃を防げるような話だったから。

「はい。ダークエルフの秘術で服を作れば、衝撃や斬撃を受け流すことができます」

「そうなのか？　ちょっと触ってもいいか？」

「はい。どこでも好きなところをどうぞ」

そう言われて、はいそうですか、じゃあ胸を触らせてもらいます――と言えるような男ではないので、肩のところを触らせてもらった。

絹のような手触りで、攻撃を受け流せるようには見えない。

「重くはないのか？」

「普通の服と変わりないと思います」

「熱には強いのか？」

「はい。焚火程度の火なら、燃え移る心配はありません」

「それは凄いな」

これなら、速度重視のハルでも、力のないキャロでも着ることができる。

ついでに、俺も軽鎧を着けているが、そこ以外は無防備なので着たいと思う。最近、俺の魔法の威力が上がりすぎて、余波で服が焼けるんじゃないかと心配になっていたんだ。

ちょうどよかった。

「でも、ダークエルフの秘術なのだろう？　俺に教えてもいいのか？」

「秘術としていたのは、黄金樹を守る戦いになったとき、戦いを少しでも有利にするためです。イチノジョウ様のマイワールドに住まわせていただいた時点で、秘匿する必要はなくなりました」

「じゃあ、頼むよ。必要なものはあるか？」

「素材は、マイワールドで取れますから問題ありません。ピオニア様の協力を仰ごうと思いますが、よろしいでしょうか？」

「ああ。あいつの服作りの腕は確かだからな。できれば、俺たちの普段着と、あまり変わらない服にしてくれると助かる」

浴衣姿のハルとキャロも素敵だが、やっぱり普段の服のほうが魅力的に思える。

さらにダンジョンを進むと、宝箱が六つも置いてある部屋があった。

そのうち、ふたつの宝箱は開いていて、四つが閉じていたが、その四つすべてから敵の気配がした。ミミックだろう。

罠の気配はないらしい。

「スラッシュ」

遠距離からハルがスラッシュを放つ。

宝箱が粉々に砕けた。砕ける瞬間、宝箱の中に白い能面のようなものを被っている、黒い物体が現れた。どうやら、あれがミミックの本体だったらしい。

宝箱が壊されたのに中身はまだ生きているらしく、面がこちらを見ている。

仲間がやられたのを見たのか、残り三つの宝箱が同時に開き、同じく白い面を被っている黒い物体が飛び出した。

「気持ちが悪いな。スライムみたいだ」

「宝箱は外殻であり、中身は粘体――進化したスライムといわれています。まるでカタツムリみたいですね。ちなみに、どうして面を被っているのかは学会でも議論されていますが、答えはわかりません」

「貝殻を壊されても生きているカタツムリを、俺は知らないよ」

キャロの説明を聞いて、俺は毒づいた。カタツムリから殻を取っても、ナメクジにはならないんだから。

「放っておけば、数日で体の表面が固まって、宝箱の形に戻るそうです」

ハルが剣を構えながら言った。

ミミックに関する雑学が増えていく。

宝箱の部分が皮膚のようなものなのか。

「魅了《チャーム》」

キャロが魔法を使った――直後、一匹のミミックが、宝箱が壊されたミミックに襲いかかった。

彼女の魅了《チャーム》の魔法の効果で、仲間割れを起こしたのだ。

思わぬ仲間の攻撃で、全員が隙だらけだ。

「プチストーン、プチファイヤ、プチウォーター、プチウィンド」

四属性の魔法を四匹のミミックに放ったところ、すべて命中。

三匹のミミックをやっつけた。

「ミミックは、土属性と闇属性に耐性があります。弱点は火と光です」

「じゃあ、プチライト」

瀕死状態のミミックにはオーバーキルだったらしく、一瞬にして消え失せた。

「……イチノジョウ様は凄いですね。通常、魔法は一度使えば、クールタイムが必要なはずなのですが」

ララエルが驚き三分の一、賞賛三分の一、呆れ三分の一といった感じで、俺を称える。

「あぁ、普通は無理らしいんだけど、俺は魔法に関しては、クールタイムを無視できるんだ。同じ魔法を連続で使うことはできないんだけどな」

第五職業まで解放されていることが原因らしいと、コショマーレ様がおっしゃっていた。

同時に魔法が使えるため、本来ならば特別なスキルが必要な魔法の融合もできる。最初に行ったのはベラスラの町だった。

プチウォーターとプチファイヤを使って、お湯を作り出したのだ。

あのときは、自分が高度な魔法の使い方をしているなんて、思ってもいなかった。

「イチノジョウ様。罠術師のレベルが上がって、広範囲で罠の場所がわかるようになりました」

「おぉ、それは助かる。それで、このあたりに罠はあるか？」

「はい、僅かにあります。ですが、罠は下の階層に集中しているようです」

下の階層に集中している？

「どのあたりかわかるか？」

「ちょうど、この部屋の真下です」

真下か――ならば都合がいい。

俺は鷹の目を発動させた。

視点がゆっくりと下がっていく。この感覚は、いつも奇妙なものだな。自分がいる以外の場所から、なにかを見るというのは。

俺は少し視線を移動させてみた。

「ぶっ！」

「どうなさいました⁉」

「い、いや、なんでもない」

驚くハルに、俺は大丈夫だと言った。

視点を下げたことで、見上げたらハルのブルマ、キャロとララエルの下着が見えたなんて言えない。

ていうか、ララエルの下着は、ほとんどヒモじゃないか。なんてものを着けているんだ。せっかくダークエルフの秘術のお陰で防御力が格段に上がるのに、無防備すぎるだろ。

俺は心臓の鼓動を落ち着かせ、さらに視点を下げた。

そして、そこで俺が見たのは、バリケードらしきものを築く、ピエロのような姿の小さな人形だった。これがトラップドールなのだろう。その証拠に、体の中から札を取り出して、バリケードに貼り付けていた。魔記者が使う爆破の札だ。

そんな札を、普通の魔物が使うとは思えない。

しかし、大きな問題があった。

「トラップドールを見つけた――が、気になることがあるんだ」

俺は視点をもとに戻し、キャロに尋ねた。

「トラップドールと似たような魔物っているのか？　色違いとか」

格闘ゲームの2Pキャラみたいな魔物がいるのではないかと。

「いえ、聞いたことがありません」

「トラップドールはレアモンスターなんだよな？　珍しいんだよな」

「はい」

キャロは俺の問いに頷いた。

やっぱりそうだよな。

別に問題ないとは思うんだけれど、不思議なこともあるものだ。

なぜなら、下の階層のその部屋には、トラップドールが三体もいたのだから。

「レアモンスターだけが大量に発生することってあるのか？」

「そんなのは聞いたことがないです。魔物が大量に発生したために、レアモンスターも現れたという話は多々ありますが」

　ハルが言った。

　うん、それはあるよな。

　フロアランスでフィッシュリザードが大量発生したときには、巨大なフィッシュリザードが現れたし、ダキャットでは、大量の魔物が発生したとき、ジョフレたちがレアモンスターだけを狙って狩っていたという話を聞いている。

　しかし、レアモンスターだけが複数現れるというのは珍しいらしい。

「キャロも知りません」

　ハルとキャロが首を横に振る。

　そうだよな。滅多に発生しないから、レアモンスターなんだもんな。

　ダンジョンの魔物は、通常の魔物と違って子供を生むことはない。そもそも、人形は子供を生まないだろう。

　だとするのなら、ダンジョンになにか問題が起きているのか？

「トラップドールがいたのは三階層下だ。これ以上罠を作られる前に、倒してしまうぞ。あと、トラップドールが三体だけとは限らない。ララエルは、ほかにも罠が密集しているところがないか、意識してくれ」

「「「はい」」」

　罠を一個一個解除するのも時間がかかる。

ララエルに罠の種類を判別してもらい、遠距離で破壊できる罠は、スラッシュや魔法で破壊したりした。

下の階層に進み、どうしても解除しないといけない罠をララエルが解除しているところで、金属の塊のような人形が、こちらにやってきた。

金属鑑定によると、どうやら鉄でできているらしい。

「アイアンゴーレムですね」

キャロが鉄の人形を見ていう。

やっぱり、こいつがアイアンゴーレムか。

「鉄の塊か——プチファイヤ」

魔法で一蹴しようと思ったが、アイアンゴーレムの表面が溶けただけだった。

「へぇ、結構やるなぁ」

「イチノ様、アイアンゴーレムの弱点は——」

キャロがなにか言おうとしたが、俺はすでに自分の刀——白狼牙を抜いていた。

そして、横薙ぎでアイアンゴーレムの体を真っ二つにする。

スキル——斬鉄。

鉄をも切り裂くこのスキルを使えば、アイアンゴーレムを真っ二つにするくらいは容易だ。

【イチノジョウのレベルが上がった】

よし、レベルが上がった。

スキルをいろいろと覚えたが、今回は法術師のスキルは覚えていないので、あとでまとめてチェックしよう。

「魔物が少ないな」

「きっと、トラップドールが仕かけた罠のせいでしょう。罠にかかるのは、人間だけではありませんから」

「それにしてもなぁ。上級者向けのダンジョンだっていうから、てっきりもっと凄い魔物が出るかと思ったんだが」

「イチノ様、アイアンゴーレムは強いですよ。雷属性の魔法が、唯一の弱点だといわれる魔物です」

「さすがはご主人様です。私も精進したいです」

ハルが、落ちていた鉄のインゴット三本と魔石を回収して言った。

「じゃあ、ハルも剣聖を極めたら、次は侍にならないといけないな」

「はい――お酒に尻尾に職業。課題が山積みです」

ハルが気を引き締めて言った。

嬉しそうに尻尾が揺れているし、酒はいまだに、干し肉に塗ってある保存用のアルコールだけで酔っ払うため、課題達成への道のりは遠いだろう。

「課題がある限り、前に向かって歩けるからな。課題が山積みなのは、いいことだよ」

俺は、ハルの頭を撫でて言った。

「イチノ様。キャロの課題は、自分の身を守れるだけのステータスとスキルの確保、鑑定系のスキルの入手です」

「そうか。じゃあ、一緒にレベルを上げないとな」

俺は、そう言ってキャロの頭を撫でる。

「イチノジョウ様。私の課題は、ダークエルフたちを鍛え上げることと、マイワールドでのスーギューと鶏の繁殖、黄金樹の死守です」

ララエルは顔を赤らめて言った。

行動が犬みたいなハルの頭を撫でるのはついつい癖になっているし、子供のような見た目のキャロの頭を撫でるのにも、なんの抵抗もない。

しかし、年上のお姉さんであるララエルの頭を撫でるのは、こっちも恥ずかしい。けれども、俺はララエルの頭を撫でた。

「ご主人様の課題はなんでしょうか？」

ハルが尋ねる。

俺の課題か。当然、いろいろとある。

「ミリの救出が一番だし、当面の目標はディスペルを修得して、衛兵たちが探してくれている、狂乱化の呪いにかかっている人を治療したい。ほかにも、キャロが自分の店を持つための手伝い。ハルと一緒に世界中のダンジョンに行くのも楽しいだろうし、ダイジロウさんと真里菜を引き合わせることも忘れちゃだめだ。あと、ウナギが取れる地域では、美味しいウナギの食べ方を広めたいと思っているし……」

俺が次から次にやりたいことを話すと、ハルたちは俺をじっと見詰めながら、それを聞いていた。

俺は苦笑し、頭を下げた。

すると、ハル、キャロ、ララエルが、俺の頭を優しく撫でてくれた。

頭を撫でられるのって、恥ずかしいけれど、それ以上に嬉しいものだな——と心から思った。


俺たちは、トラップドールがいる階層にたどり着いた。しかし、罠だらけで、まともに歩くことができない。

一歩進めば、矢が飛んできたり、盥《たらい》が降ってきたりする雰囲気がある。だって、矢も盥も丸見えだから。

「んー。ケンタウロスがいたら、罠の中を突撃させても大丈夫な気がするんだけどな」

俺は冗談で言ったが、なぜかハルたちは遠い目をして返事をしない。

いったい、マイワールドでなにがあったんだ？

「場所的には、ここを真っ直ぐに進めば、トラップドールの巣に到着するはずなんだが」

「罠の解除に時間が必要ですね。罠解除のスキルを持つダークエルフを全員集めて、解除しましょうか」

ララエルが提案した。

「罠は足元に仕かけられているものがほとんどですので、一気に飛び越えられればいいのですが」

「着地地点に罠があったら意味がありませんよ、ハルさん」

ハルが結構な力技を提案するが、キャロが却下した。

そうだよな。着地場所に罠があったら意味がない。

もう、トラップドールは無視して、下の階層に続く階段を目指してもいい気がするが、それで罠が増え続けたら、大変なことになりそうだ。

「……あっ。そもそも、俺たちがわざわざ、あいつらの巣に行く必要はないんじゃないか？」

「無視して進むということですか？」

「いや、キャロのスキルを使えば――」

「あっ！　すみません、忘れていました」

キャロはそう言って、職業変更スキルを使用したらしい。

第一職業が、夢魔の女王から誘惑士に変わっていた。

誘惑士のユニークスキル、月の魅惑香。

地下空間にいるか、夜の時間帯のみ、魔物をおびき寄せることができるスキルだ。普段は危険なために使わないが、こういうときは便利である。

それが証拠に、奥から爆発音が響いた。

トラップドールが、自分たちを守るために仕かけていたバリケードを、爆破したのだろう。

そして、三体のトラップドールが、無防備にこちらに近付いてきた。

「トラップドールは、自分が仕かけた罠には引っかからないのか」

「そのようですね。罠が仕かけられている場所を踏んでも、罠は動作しません」

そして、トラップドールがキャロに迫ったところで、俺の白狼牙が三体とも一刀両断にした。

キャロを危険に晒すスキルなので極力使いたくはないが、やっぱり便利だな。


【イチノジョウのレベルが上がった】

【法術師スキル：盾魔法Ⅱが盾魔法Ⅲにスキルアップした】

おっ、法術師のレベルが77まで上がった。あと3上がれば、レベル80だな。今回も法術師以外のスキルも覚えたが、あとでログで確認することにした。

法術師のスキルでは、オールシールドという、仲間全員の防御力を上げる魔法を修得したようだ。

「ご主人様。レアメダルと魔石、あと解除ツールです。罠の設置や解除をするのに便利な道具類です」

それぞれ三つずつ落としている。

レアメダルと魔石はアイテムバッグに保存、解除ツールのうちのひとつはララエルに渡して、残りふたつはアイテムバッグに保存した。

下の階層に続く階段は、ここに来るまでにすでに見つけているので、この奥の罠をわざわざ解除する必要はない。

「冒険者ギルドに報告だけして、あとは任せるか」

「ご主人様のおっしゃる通り、それが一番でしょう。冒険者ギルドが、罠解除の依頼を出すと思います。冒険者にとって、ダンジョン探索の小遣い稼ぎになるので、ダンジョン探索と同時に行われるそうです。罠が増えれば国の兵が出陣することになっていたでしょうけれど、早期に退治できてよかったです」

そうか、冒険者の小遣いになるのか。それなら、無理して彼らの収入を潰す必要もあるまい。

俺たちは来た道を戻り、下の階層へと進んだ。

「イチノ様、宝箱がありますよ」

キャロが小部屋で宝箱を見つけた。

「あぁ、魔物の気配がないから、ミミックじゃなさそうだな」

「罠の気配もありませんね」

「では、開けますね」

キャロが宝箱を開けた。

そのときだった。

キャロの姿が一瞬で消えた。

「キャロっ！」

俺は思わず声を上げた。

いったいなにが――⁉

「ご主人様。宝箱の中に、破れた札があります」

ハルが、ふたつに破けた札を見つけた。

「まさか、転移札っ⁉」

ララエルが驚愕して言った。

「転移札ってなんだ？」

「ダンジョンの中で稀に見つかるもので、破ることで特定の場所に転移する札です。緊急時に戦闘から離脱するために使われる札が、宝箱の内側に貼られていたようです。発見されたダンジョンの中でしか使えないし、転移先が決まっているのが難点ですけれど。ちなみに、魔記者も同じくダンジョンの中でのみ転移札を作ることができますが、魔記者が作った転移札は、ダンジョンの入口にしか転移できないそうです。しかし、宝箱の中で発見される札は、どこに転移されるかわかりません」

よくわからないけれど、キャロはダンジョンのどこかに転移したということか。

くそっ、最悪だ。ハルやララエルならひとりでもなんとか戦えるが、キャロの戦闘能力は低い。すぐに助けないと――

「あ、全然問題ないや。眷属召喚」

俺が魔法を唱えてキャロを召喚すると、光に包まれてキャロが戻ってきた。

「――イチノ様、ありがとうございます」

キャロが礼を言った。

「うん、眷属召喚ができてよかった。できなかったら、ララエルに麻痺矢を射てもらうところだったよ」

「なぜ、麻痺矢を射るのですか？」

ララエルが尋ねた。

「キャロには夢渡りというスキルがあって、俺が眠っていたり意識が朦朧としたりしていると、俺のいる場所に転移できるんだ」

咄嗟に眷属召喚のことを思い付かなかった俺と違い、キャロのことだ。夢渡りできないか、何度も試していただろう。

そうだ。今度同じことがあってもいいように、キャロが使える眠りの魔法を登録しておこう。

フェイクマジックを使えば、効果は下がるが魔法を登録できる。

自分を眠らせるだけなら、使えるだろう。

「どうやら、宝箱の蓋の裏側に転移札を貼っていたようですね。トラップドールが準備した罠ではなく、あくまで宝箱の中のアイテムだったから、罠探知が反応しなかったのでしょう。ずる賢い方法です」

キャロは、どこか感心するように言った。

「申し訳ありません。私が安易に、罠がないと言ってしまったせいで」

「いえ。キャロも、ほかの可能性を考えていなかったのが悪いのです。いい勉強になりました」

「ところで、キャロはどこに飛ばされたんだ？」

「ボス部屋の前でした」

ボス部屋――つまり、最下層に転移したのか。

俺は破れた札を見た。

模様は残っているが、真っ二つに破れている。

「繋ぎ合わせても、もう使えそうにないな。まぁ、ひとりだけボス部屋に行っても意味はないし、歩いて最下層に行けるから、別にいらないか」

俺は破れた転移札を、無造作にアイテムバッグの中に入れた。

第五職業を魔記者にしているうえ、レベルもかなり高くなっている。

そろそろレシピを覚えて、自分で転移札を作れるようになるかもしれないな。

そのあと、俺たちは最下層にたどり着いた。

現れた魔物が少ないのは、罠の数に比例してのものだろう。

「イチノ様。キャロが転移札で転移してきたのは、ここです」

「そうか——この向こうにボスがいるのか。ハル、キャロ、ララエル、準備はいいな？」

「はい、準備はできています」

「キャロも大丈夫です」

大きな扉が開いていて、その向こうには、巨大な象がいた。

「象……人間？」

薄暗い部屋に立つ、一頭の巨大な象人間——いや、象の像だ。

シャレじゃないぞ？

呼吸をしていないし、これも魔法生物なのだろう。

二本足で立ち、服を着ている象か。豚ならオーク、犬ならコボルトだって思うけれど、象人間か。

体長十メートルはあるであろう象人間は、目を閉じたまま立っている。

なんていう名前の魔物なんだろうか？

「イチノ様、魔象カネーシャという名前の魔物みたいです」

「カネーシャ？」

ヒンドゥー教にガネーシャという神様がいるけれど、それとは別だろうな。

全然神様っぽくないし。

「じゃあ、行くか」

「あ、待ってください」

キャロが俺を追いかけてきて、俺たちはボス部屋に入った。

四人全員が中に入ったところで、ボス部屋の扉が閉じる。

俺は先制攻撃をするため、白狼牙を振ってスラッシュを使った。

と同時に、ハルもスラッシュを放つ。

俺が放ったスラッシュは魔象の頭に届こうとしたが、鼻で弾かれた。

手加減なしの本気の攻撃——しかし、放った攻撃は鼻に阻まれ、致命傷を与えることはできなかった。

ララエルも矢を放っていたが、突き刺さっても、痛くもないようだ。

「なんて硬さだっ！」

「ご主人様のスラッシュが効かないということは、物防が２０００以上あるのかもしれませんね」

ハルが汗を流しながら言った。

「石像相手なら、麻痺矢を放っても意味はないでしょう」

「それなら――」

俺はアイテムバッグからアクラピオスの杖を取り出し、魔法を唱えた。

「ファイヤ！」

俺が生み出した炎が巨大な玉となって、魔象の頭に直撃した。

しかし――

「全然効いてない？」

爆炎が晴れても魔象は表情ひとつ変えずに、大きな足を上げた。

その足が、キャロを踏み潰そうとしていることは、すぐにわかった。

「キャロ、逃げろっ！」

そう言いながら、俺は駆けた。しかし、このままでは間に合わない。

「ちっ、ブーストオイルクリエイトっ！」

俺は自分の足元にオイルを作り出した。

魔力ブーストをかけることで、オイルはいつもの十倍の威力で床にぶちまけられる。

それで足場の摩擦を極限にまで減らし、

「ブーストウィンドっ！」

後方に風を生み出すことで推進力を増すと、体当たりするかのようにキャロを抱え上げ、ぎりぎりのところで救い出す。

「あぁ。ありがとうございます、イチノ様」

「キャロは、もう少し下がったところにいろ」

「イチノ様。魔象の弱点は、脳天に強い物理衝撃を与えることだそうです」

キャロが俺に言った。

その説明、先に言ってほしかった。

でも、脳天って、相手は十メートルもあるんだぞ？　そんな相手の頭を殴るってどうすれば――

いや、俺の身体能力なら、ハルを魔象の頭上に投げることもできるな。

そう思ったとき、後ろから轟音が鳴り響く。

魔象が転んだのだ。

あぁ。そりゃあ、油を塗りたくった床を力強く踏んだら、転びもするわな。

「えっと、転んだ魔象の頭を殴ったらいいのか？」

「頭を殴るのは、そうすることで体全体にダメージを与えるみたいなので、転んでいたら意味はないと思いますが……どうすればいいのでしょう」

起き上がるのを待つっていうのも、なんか違うし。

「そうだ！」

俺は思い出して、創生剣を使った。

光の剣が生み出される。魔力によって生み出す剣で、切れ味は白狼牙よりも優れている。

ミリから、力を隠すとき以外は使うことを勧められている、この剣。これさえあれば――

「脳天打＆兜割りっ！」

脳天打は、頭に対する攻撃力が上がるスキル。兜割りは、頭を殴るときに相手の防御力を下げるスキルだ。

起き上がろうとする魔象の頭に、俺は剣を振り下ろす。

創生剣も合わせて、三つのスキルの複合攻撃――これで倒せない相手なら、もう物理での攻撃は諦めたほうがいい。

だが、それは杞憂に過ぎなかった。

俺の生み出した剣が、魔象の頭蓋骨を砕いた――その感触が、確かに伝わった。

そして、それは正しかったらしい。

【イチノジョウのレベルが上がった】

レベルアップしたのだ。

それは、つまり魔象カネーシャが息絶えたということだ。石像なので、もともと息はしていなかっただろうけれど。

【法術師スキル：回復魔法Ⅵが回復魔法Ⅶにスキルアップした】

【法術師のレベルはこれ以上上がりません】

【称号：法術師の極みを取得した】

【職業：神聖術師が解放された】

回復魔法Ⅶを取得して、法術師を極めた。

結果、回復魔法Ⅶ――ディスペルを修得した。

これで、呪いをはじめとした、すべての状態異常の回復が可能になる。

ほかにも、どうやら魔記者のレベルも完スト状態になっているようだ。これもあとで、ほかの職業のスキルと一緒に確認しよう。

魔象カネーシャが消え、残ったのはスイカのような大きさの魔石と、肉の塊だった。肉塊は、巨大な魔石よりもさらに大きい。スーギュー一頭分はありそうだ。

「どうやら象の肉のようですね」

「なぜ、石像なのに本物の肉を落とすのでしょうか？」

キャロが肉の正体を言い、ハルが不思議そうに尋ねた。

しかし、その問いに答えられる者は、誰もいなかった。

このままではアイテムバッグに入らないので、肉塊は細かく切り分けてから中に入れた。

キリンさんが好きで象さんがもっと好きな国で育った俺としては、象の肉を食べるのは憚られるので、ナナワットの餌にすることにした。

「さて、女神像の間に行くか」

俺たちは女神像の間に入った。

このダンジョンの女神像の間で奉られているのは、テト様だ。

やはり、ピオニアに似ているな。

「今回は、普通に祈るだけで終わるだろうな」

俺はそう思って苦笑した。

コショマーレ様とトレールール様は俺をこの世界に誘った女神だったし、セトランス様は鈴木を、ミネルヴァ様はミリの前世であるファミリス・ラリテイ――かぐやをこの世界に誘った関係で、俺も女神の空間に招かれた。

ライブラ様のダンジョンを攻略したことはないけれど、マイワールドを創ったときに一度出会っているので、今後ライブラ様が奉られているダンジョンを攻略したときには、女神の空間に招かれる可能性はある。

しかし、俺とテト様については、ほとんど繋がりがない。

細い繋がりはあった。ピオニアたちホムンクルスの生みの親が、実はテト様ではないか？　と思っている。

しかし、ホムンクルスの卵は、あくまでトレールール様経由で賜ったものだから、関係があるとは思えない。

あとは、ミネルヴァ様から、テト様が作ったネクタルをもらったくらいのものだ。

よし、今回は結果だけがわかって終わりだろう。

そう思い、ハルたちと一緒に目を閉じて、俺は気楽に祈りを捧げた。

そして、目を開くと俺は別の空間――女神の空間にいた。

――やっぱりかっ！

そう叫びたくなる。

周囲をよく確認すると、あちこちが本棚だらけだった。

どこの帝国図書館だよ、というくらい、本に満ちあふれている。

「……よく来てくださいました、イチノジョウさん。どうぞ、こちらにいらしてください」

一瞬、ピオニアの声かと思った。

しかし、ピオニアは俺のことをマスターと呼ぶ。イチノジョウさんと呼んだことは、一度もない。

俺は、その声のしたほう――本が大量に積まれたデスクの前に向かった。

そのデスクの後ろで、ひとりの少女――女神テト様が、本を捲っては本棚に投げている。

居合切りで本を抜き取る爺さんといい、本を投げて棚に戻す女神様といい、この世界には本を大切にする習慣がないのだろうか？

結構貴重な品だと思うのだが。傷付いたら売り物にならなくなりそうだ。

「……これらの本は売り物ではありませんから、気になさらないでください」

テト様が静かな声で言った。

「失礼しました」

心を読まれることを忘れていた。

テト様は栞《しおり》を挟んで本を閉じると、俺の顔を見上げた。

「改めまして。はじめまして、イチノジョウさん」

「お会いできて光栄です」

ここで跪《ひざまず》くべきだろうか？

そう考えていると、テト様は表情を変えずに、

「……そのままで結構ですよ。こちらこそ、お茶を出したほうがいいですか？」

と、逆に質問してきた。

女神のお茶は少し気になるが、厚かましく思われないだろうか？

でも、どうせ心を読まれているんだろうし、遠慮しないことにした。

「ありがたく頂戴します」

「……そうですか」

テト様はそう言うと、二度手を叩いた。

すると、デスクの上の書物が消え失せた。

そして、どこからともなく現れた女性が、紅茶が注がれたティーカップを置く。受け皿はない。

「……どうぞ」

「ありがとうございます」

ティーカップに注がれているのに、紅茶はアイスティーだった。

飲んでみると、味は市販品の午前の紅茶に似ている。いつも我が家にあった味だ。

「……イチノジョウさんが慣れ親しんだ味を選びました。私はお茶はあまり飲まず、味がわからなかったので」

「そうなのですか……お心遣い、感謝します」

女神様の味を期待したのだけどなぁ……と、心が読まれるんだった。

この味は俺は好きだ。うん、これだけでもここに来てよかったと思う。

ミリもこの紅茶は好きで、アイテムバッグの中にいっぱい入っていたけれど、一生分と思うとそれほどの量がないので、俺は飲まなかった。

マイワールドには茶畑もあるので、今後は自分で紅茶を作ろう。

ピオニアなら、作り方もわかるだろう。

「……はい。紅茶の作り方なら、ピオニアが知っています」

テト様が紅茶を飲みながら言った。

しまった。茶会中にバカなことを考えているのが、バレてしまった。

「あ、あの。テト様は、どうして俺をここに呼んだのでしょうか？」

「……謝罪のためです」

謝罪？

テト様が俺に謝罪？　なにか、謝られることがあるのだろうか？

もしかして、ミリがダイジロウさんに連れていかれたのは、テト様が原因なのか？

それとも、ほかになにかあっただろうか？

「……大変申し上げにくいのですが」

テト様が、俺の顔をじっと見詰める。

とんでもないことを言われる……そんな予感がした。

俺は息を呑み、テト様の言葉の続きを待つ。

「実は、あなたの名前が、イチノスケではなくイチノジョウと登録されたのは、私が間違えたからなのです。忌み名とか、そういう制度があることを知らなくて」

予想を遥かに下回る、心底どうでもいいことを謝罪されたのだった。

第三話　女神テト

女神テト様からの重大発表。

俺の名前が本名のイチノスケではなく、イチノジョウとして登録されたのはテト様のミスだった。てっきり、トレールール様のいい加減な仕事が原因だと思っていたので、意外といえば意外だけど、でもいまさらの話だ。

この世界で俺のことを知っている人は、ほぼ全員俺のことを、イチノジョウという名前で覚えている。俺のことをイチノスケと認識して名前を呼んでくれるのは、スケくんと呼ぶミネルヴァ様くらいだ。

ジョフレとエリーズに至っては、俺の本当の名前とは一切関係ない「ジョー」というあだ名で呼んでいるくらいだし。たぶん、いまからイチノスケとイチノジョウ、好きな名前を選択できると言われても、イチノジョウと名乗るだろう。

俺に名前を付けてくれた父さんと母さんには申し訳ないと思うけれど、日本での俺は死に、転移してこの世界の住民となったんだ。

「たぶん、俺の心を読んでいると思うので説明はしませんが、そういうことですから、名前の件はもう気にしていません。ただ、名前が変わったことについて、教えていただいてもよろしいでしょうか？」

「……私は、日本人をこの世界に召喚することができます。条件としては、あちらの世界で死に瀕した者です。死ぬ直前の者を召喚し、回復させ、この世界に呼ぶのです」

「……え？」

ちょっと待て。いま、かなり重要なことを言われた気がする。

「俺、死んでいないんですか？　コショマーレ様からは、俺の体は馬に踏み潰されて、ボロボロになって死んだって聞いていましたけれど」

「死んでいません。死ぬ直前に、細胞や生きた痕跡、すべてを回収し、女神の空間で治療を施し、転移者――アザワルドでは迷い人と呼ばれているのですね。迷い人として天恵を授け、自由に生きていただきます」

つまり、放っておけば死ぬところを助けてくれた……と取っていいのか？

そういえば、女神様は異世界への転移と言っていた。

一度たりとも、転生という言葉を使わなかった。

そりゃそうだ。俺は死んでいないのだから。

「なんでそんな嘘を……」

「……迷い人に、日本に帰ることを諦めてもらうためです。この世界とあなたたちの世界は違います。日本人のステータス――肉体能力は、この世界における無職と同等。こちらの世界の力を手に入れてから、日本に戻られたら困るのです」

確かに、俺のこの能力――悪用しようと思えば、いくらでも悪用できる。拠点帰還《ホームリターン》の魔法だけでも、アリバイのトリックに利用したら、完全犯罪をし放題だ。

「でも、もとの世界に戻る方法があるのなら、転移した直後に、それこそ転職する前に……いいえ、天恵を授けてくださる前に、戻してくれたらいいんじゃないですか？」

「……それができないのです。そもそも、迷い人をこの世界に召喚するのは、この世界を正常に保つための宿命なのです」

「宿命？」

「……運命……といったほうが的確かもしれません。精霊、魔法、職業、女神、そして魔素と瘴気。さまざまな要素が入り乱れるこの世界は、ひどくアンバランス——たとえるなら、回り続けている独楽《こま》といったところでしょうか？　回転が止まれば倒れてしまう存在です。しかし、独楽が回転し続けるには、外部からエネルギーを与えるしか方法はありません。我々女神もまた、この世界のシステムのひとつ。この世界に刺激を与えることはできません。外部からの刺激として、我々は日本人を転移させています」

世界のバランス……なんて言われてもよくわからない。

そう思ったときだった。

テト様が、その場に倒れた。

「テト様っ⁉」

「……喋り疲れたの」

え？　テト様？

「……私、喋るの嫌い。仕事があるから、あとは任せていい？」

「任せてって、誰に？」

「待ってて」

テト様はそれ以上俺の質問には答えず、テーブルの上にあったボタンを押した。

ピンポーンと電子音が聞こえる。

これはあれだ。ファミレスでウェートレスさんを呼ぶときに使うボタンだ。

テト様に誰を呼んだか聞きたいのだけれど、テト様はもう説明したくないのか、それとも本が好きなのか、いつの間にか書物に満たされたデスクの上にある本を読み進めていた。

仕方がないので、俺はじっと座って誰かが来るのを待つことにした。

いったい、誰を呼んだのだろう？

さっきお茶を運んでくれた、ホムンクルスっぽい女性だろうか？

そう思っていたら、やはり先ほどの女性が台車を押してやってきた。

「お待たせしました、お客様。先ほどは申し遅れましたが、私はテト様に造られた、ホムンクルスのアルファと申します」

彼女はそう言って、頭を下げた。

「テト様がこの調子なので、説明していただけると助かります」

「すみません。私の口から説明することはできません」

「え？　アルファさんが説明してくださるのではないのですか？」

てっきり、アルファさんが説明してくれるとばかり思っていた。

そのために出てきたのではないのだろうか？

「はい。ほかに適役の方がいらっしゃいますから」

「適役？　誰ですか？」

「こちらの方です」

アルファさんが台車を見た――そこにいたのは、体育座りをしている――

「久しぶり、スケくん」

――ミネルヴァ様だった。

なにしているの、この人は。

なんで台車に乗って現れたの？

「……お久しぶり、というほどではない気がしますが……えっと、今日も死にたいのですか？」

どう挨拶したらいいか困った俺は、とんでもないと思える挨拶をしてしまった。

「今日もいいお天気で」みたいな感じで、死にたいのか聞くってどういうことだよ。と、自分にツッコミを入れたい。

「いいえ。今日は仕事があるので、それが終わってから死ぬことにします」

ミネルヴァ様はふらりと立ち上がった。立ち上がったことで台車が動き、ミネルヴァ様が倒れそうになるが、アルファさんが支えて、先ほどまでテト様が座っていた椅子に座らせた。

「テト様の説明を引き継ぐのは、ミネルヴァ様なのですか？」

「ええ。頼まれたから」

ミネルヴァ様は、少し温《ぬる》くなった紅茶を飲み、

「アルファちゃん、お茶菓子をもらえる？」

お茶菓子を要求した。まるで自分の家みたいに寛《くつろ》いでいる。

「はい。いつものでよろしいでしょうか？」

「ええ」

アルファさんが恭しく頭を下げて、どこかに消えた。

台車はそのままにして。

「テト様は、喋るのがあまり得意じゃないの。それに、実は人見知りで。スケくんには迷惑をかけたと思っていたから、一生懸命話していらっしゃったけれど、疲れたみたいね」

「……ミネルヴァ、余計なことを言わないで」

「ごめんなさい、テト様」

ミネルヴァ様が謝った。

どうやら、女神のなかでも上下関係が存在するらしく、テト様のほうがミネルヴァ様より上らしい。

「さて、説明を始めましょうか」

ミネルヴァ様の表情が、真剣味を帯びた。

初めての出来事に、俺も息を呑む。

「お茶請けまだかしら」

一気に緊張感がなくなった。

結局、ミネルヴァ様のお茶請けが来るまで、俺は待たされた。

「お待たせしました。どうぞ」

ミネルヴァ様の前に皿が置かれる。

そして、その皿の上にあったのは――

「カレーせんべい？」

黄色いせんべいが十枚、皿の上に並べられていた。

アルファさんは皿を置くと、いつの間にかいなくなっていた。

「うん、スケくんも食べる？」

「……では、一枚いただきます」

せんべいにしては軟らかい食感と、口の中に広がるスパイスの香り。指先について落ちないカレー粉。

うん、カレーせんべいだ。

カレー味のラムネを飲むミリといい、極少単位でスパイスを調合するライブラ様といい、お茶請けにカレーせんべいを食べるミネルヴァ様といい、カレーが好きな人が多いなぁ。俺も好きだけど。

「スケくんは、女神メティアス様を知っているよね？」

話は、いきなり本題に入ったようだ。

「はい、何度か名前を聞きました」

運命の女神って呼ばれている方だよな。

存在しないはずの七柱目の女神。

「女神メティアス様は運命だけでなく、未来と知識の女神でもあるの。遥か先の未来を見ることができる女神メティアス様はある日、世界の終焉を予言したの」

「……世界の終焉」

ノストラダムスの恐怖の大王やマヤの暦など、地球でも世界滅亡説は山のように存在したけれど、でも本物の女神様の予言ともなると恐ろしい。

「ええ。メティアス様の予言は絶対。そして、それはいくら女神でも変えることができない。なぜなら、女神の存在もまた、この世界の一部だから」

「それで、さっきの話に繋がるわけですか」

「うん、内部の力で変えられないのなら、外部から力を加えたらいい。テト様は独楽にたとえたのでしょ?」

ミネルヴァ様は確認をし、独楽を取り出した。

紐を巻き付ける伝統的な独楽ではなく、指で捻るタイプのシンプルな独楽だ。

ミネルヴァ様は器用に独楽を捻り、回転を——させようとして失敗した。

「あれ?　回らないわね」

何度挑戦しても回らない。

　指先がカレーせんべいの粉で滑って、掴みにくいのだろう。

　ミネルヴァ様は、さっきテト様が使ったボタンを押した。

　アルファさんがやってきて、独楽を回し、去っていく。どうせなら、ずっとここにいてくれたらいいのに。

「うん、スケくん。外部から力を加えて、さらに回転させてみて」

「わかりました」

　俺は頷き、命じられるままに指でさらに独楽を回す。

　すると、独楽は一瞬加速したが、バランスを崩して倒れてしまった。

「あっ」

「そう、力を加えるにはコツがいるの。どんな力でもいいというわけじゃない。一億人にひとり――転移する人間が厳選されているのは、それが理由。そして、その人間を厳選できるのは本来、メティアス様だけだったの。三千年も前から、この世界では迷い人が召喚されていたわ。そして、迷い人を管理するために、女神という概念が生み出されたの」

「待ってください。女神が生み出された？　それってどういうことですか？」

「とても簡単な話よ。死んで別の世界に転移させる――そんなことができる存在は、女神しかいないでしょ？　余計な説明をする手間も省けるもの。そして、メティアス様は女神に、日本人に天恵を与える力も授けた。これも理由はとても簡単。転移させた日本人に簡単に死なれたら、世界への影響が弱くなってしまうからね。転移してくれた日本人には、できるだけ長生きしてほしいもの」

転移者の年齢が十代から二十代に限定されているのも、それが原因なのだそうだ。

赤子や幼子を転移させてもすぐに死んでしまうし、この世界で長く影響を与えてもらうのが目的ならば、老人を転移させてもあまり意味がない。

「あと、天恵にはお詫びという意味もあるわね。ちなみにこれは女神のなかでも、私とテト様、あとはコショマーレ様しか知らないことよ。セトランスは、うすうす勘付いていると思う。あと、人間のなかでは、ダイジロウちゃんとかぐやちゃんも気付いているかな」

ミリも気付いていたのか、女神の秘密について。

「話が逸れたわね。とりあえず、日本から転移者を呼び込むことで、世界の終焉の時期は大幅にズレたの。本来なら、この世界は千年も前に終焉を迎えていたはずなの」

「それは……よかったですよね。あれ？　でも、世界の終焉がなくなったのなら、もう転移者を呼ぶ必要はないのでは？」

「言ったでしょ、ズレたって。世界の終焉そのものは消えていない。そして、五百年前。未来を見て、転移者を決めるはずのメティアス様が、突然お隠れになられたの。どこに行ったのか、誰にもわからなかった。そして、転移者の選別はメティアス様が書き残した書類に従い、テト様が引き継ぐことになったの。特別な計算式によって決まるのは場所と時間だけで、誰が来るのかは呼んでみないとわからないから、かぐやちゃんが転移するって決まったときは、コショマーレ様もトレールールも大きなため息をついていたわ」

とんでもない情報が明らかになっていく。

でも、なんでそんな話を俺にするんだろう？

「スケくんにこの説明をするのは、メティアス様が残した書類に、そうするように書かれていたから。スケくんにネクタルを渡したのも同じ理由。ね、スケくん。私が死にたい理由がわかるでしょ？」

「全然わかりません」

「私がスケくんにネクタルを渡さなければいけない。そうしなければ世界が滅ぶ。それってつまり、私が死ねば世界が滅ぶのと同じでしょ？　誰もが平等に与えられているはずの死の権利を奪われた私は、とても可哀想なの。死にたくなって当然じゃない……死にたいわ」

世界の終焉とやらが訪れたら、死ねるのではないだろうか？　と思ったけれど、世界の終焉とやらを迎えられたら困るので、黙っておいた。

心が読まれていないか心配だ。

「大丈夫よ。テト様の命令がある限り、私は死なないもの」

「テト様の？」

「うん。テト様は、私が人間だった頃の主人なの」

「人間だった？　え？　ミネルヴァ様って、人間だったんですか？」

「ええ。私もテト様も、もともとは人間で、神への生贄《いけにえ》として捧げられたの」

生贄っ!?

それと、神様って言った？　女神様じゃなくて、神様？

「……神に捧げられるのは、男を知らない無垢な少女」

テト様が呟く。

「私も神については知らないけれど、私たち女神は、もとは神に捧げられた生贄だったらしいの。そしてそのあと、世界を管理するシステムの一部となったみたい」

神に捧げられた無垢な少女、それが女神様の正体。

それは、女神教会が知れば大騒ぎになるんじゃないだろうか？

……ん？

「あれ？　待ってください、無垢な少女？」

「……スケくん、コショマーレ様のことを考えているの？」

「あ、すみません。心を読みました？」

「読まなくてもわかるわよ」

そう言うと、ミネルヴァ様は立ち上がり、俺の額に右手の人さし指を押し付ける。

「スケくんにプレゼント」

プレゼントって、これが？

美人に指でツンツンされるというのは、喜ぶ人は喜ぶだろうけれど、でもミネルヴァ様相手じゃなぁ……って、これも心を読まれているんじゃ……。

「これで、女神がスケくんの心の中を読むことはできなくなるよ」

「……え？」

心が読まれなくなる？

　本当だろうか？

　ミネルヴァ様がミリのことをかぐやちゃんと呼んで挑発するのはいい加減にやめてほしいとか、普段から死にたい死にたいと言って少し鬱陶しいと思っているとか、そういうことを考えてもバレないのだろうか？

「スケくんはハルちゃんの尻尾並みに考えていることが表情に出るから、失礼なことを思っているのはわかるけれど、具体的にはわからなくなったわ」

「……そうなのか……あの、ミネルヴァ様」

「なに？　お礼？」

「凄いカレー臭いんですけど」

「カレーせんべいを食べているから」

　ミネルヴァ様はそう言って、もう一枚カレーせんべいを食べてから、紅茶を飲んだ。

　そうか。カレーせんべいを掴んだ指で、俺の額を押したからか。

　俺の額を触る前に、手を拭いてほしかった。

　俺は自分の顔に浄化《クリーン》をかける。

「ここで聞いたことは、誰にも言ったらダメよ。そのための処置だから」

「でも、こんな処置をなさったら、俺が女神様に言えないことを知っているって、言っているようなものではありませんか？」

「そうね。もしも誰かに聞かれたら、私が集中してカレーせんべいを食べたいのに、スケくんの心の声がダダ漏れなのが気になったから、ミュート設定にされたって言ったらいいわよ。実際、私が転移させた人に同じことをしたことが、何度もあるから」

「……何度もあるんですか」

そうか。これで俺がコショマーレ様の前でオークって思っても、怒られることはなくなるのか。安心できるけど、少し寂しい気もするな。

「さて、ここからが本題よ」

「え？　まだ本題じゃなかったんですか？」

「うん。本題はかぐやちゃんのことなの」

「ミリのっ⁉」

ここでミリの名前が出てくるとは。

「世界の仕組みや女神の正体を教えたのは、全部かぐやちゃんに関係するからなの。かぐやちゃんは、未来を見る力を持っている。メティアス様のように。世界の終焉の回避を望む私たちは、魔王と呼ばれていたかぐやちゃんを、第七の女神にしたいと思ったの。女神になれば、かぐやちゃんの未来を見る力も上がり、メティアス様と同じ仕事ができると思った。でも、それはできなかった」

魔王と呼ばれていたってことは、いまミネルヴァ様が語っているかぐやとは、魔王ファミリス・ラリテイのことだろう。

「……純粋無垢な少女じゃなかったから……生娘じゃなかったってことですか」

俺の問いに、ミネルヴァ様が頷く。

「それで、私たちはかぐやちゃんに提案したの。転生——記憶と能力を受け継いだまま、新たな生命に転生しないかと。当然、そんな提案をしても、かぐやちゃんは首を縦に振らなかった」

　そりゃそうだろう。魔王というのは責任のある立場だっただろうし、いくら記憶と能力を引き継いだとしても、転生するというのは一度死ぬという意味だ。

「でも、あの日かぐやちゃんは、転生を受け入れた。突然のことに耳を疑ったけれど、私はかぐやちゃんを転生させる魔法を唱えた。でも、それは失敗したの。アザワルドで新たな生命として生まれてくるはずのかぐやちゃんの魂が、突然消えた。そして、私は追跡ができなかった。まさか日本に逃げて、しかも結界を張って女神の監視から逃れているなんて、思いもしなかったもの。スケくんから、妹がいるって聞かされたコショマーレ様が、かぐやちゃんを見つけたときは驚いたわ。そして焦った。私たちからあっちの世界には干渉できないから。かぐやちゃんが、自らこっちの世界に来たと聞いたときも驚いたけれどね」

　ファミリス・ラリテイの転生は女神様たちが行ったが、なんで日本人として生まれたのかは女神様も知らなかったのか。

「じゃあ、ミネルヴァ様はミリを女神にしたいのですか？」

「ええ。そして少しだけ納得もできた。メティアス様が無職にいろいろと細工した理由——それは、スケくんのためだったんだって」

　ミネルヴァ様はそう言って、最後のカレーせんべいを手に取った。

「——っ⁉　メティアス様が無職に細工を⁉」

「最初はわからなかった。でも、スケくんが引きこもりというスキルを手に入れ、女神の空間と同じ場所に世界を創り出したときに、納得した。だってあの世界は、本来かぐやちゃんが女神になったときに、割り当てられるはずの世界だったのだもの」

「……ミネルヴァ、そこまで」

最後のカレーせんべいを食べ終えたミネルヴァ様に、テト様が終わりを告げた。

「うん。じゃあ、スケくんはもう帰ってね。ここで見たこと、聞いたことは、誰にも言ったらダメよ」

「え？　待ってください――」

世界の終焉って結局なんですか？

ダイジロウさんがミリを攫った理由はなんですか？

マイワールドがミリのための世界だったって、どういうことですか？

聞きたいことがいっぱいある。

俺は声を上げて――

「まだ聞きたいことが――」

手を伸ばした――が、そこにあったのはテト様の女神像。

どうやら、俺の意識はアザワルドに戻ってきたようだ。

【称号：迷宮踏破者Ⅶが迷宮踏破者Ⅷにランクアップした】

【クリア報酬スキル：思考防御を取得した】

――思考防御。心が読まれなくなるスキル。

さっきミネルヴァ様が俺に施した処置は、クリア報酬スキルという形で反映されるのか。

「ご主人様、どうかなさったのですか？」

「いや、なんでもない」

さっき見たこと、聞いたことは、誰にも言うなって言われた。

あぁ、チクショウ。情報が一気に入りすぎだ。

世界の終焉？　ミリが女神に？　マイワールドがミリの世界？　無職にスキルを設定したのがメティアス様？

そもそも、なんで俺にこの情報を教えるようにと、メティアス様は書き記したんだ？

俺って、ただの無職だぞ？

頭の中が疑問符だらけだ。

「イチノジョウ様、本当に大丈夫ですか？」

「ああ、ララエル。大丈夫だ。一度ボス部屋から出て、マイワールドに戻ろう」

俺は三人に心配させないように笑みを浮かべ、女神像の間から出た。

「そういえば、キャロが手に持っているのはレアメダルか？」

「はい。私の迷宮踏破ボーナスは、レアメダルでした」

「ララエルとハルはスキルだったんだな」

アイテムを持っていないので、俺はてっきりスキルだと思った。

しかし、違っていた。

「私は針でした」

「針？」

ハルが俺に見せる。

確かに縫い針だ。金色に輝いているが、針って——これならタワシのほうがいいんじゃないか？

「ん？　えっ⁉」

俺は針を注視し、思わず声を上げてしまった。

「どうなさいましたか？」

「金属鑑定したんだが、その針——ただの金属じゃない！　オリハルコンだ」

オリハルコンの針があるなんて。

俺がそう思ったところで、ハルがオリハルコンの針を放り投げ、素早く二本の剣を抜いた。

すると、まるで野球の球のように、オリハルコンの針が飛んでいった。

「え？　ハル、なにをしているんだ？」

「オリハルコンだとおっしゃったので、切れないかと思ったのですが……なるほど、確かに頑丈ですね」

オリハルコンを目にして、最初にするのが切ることなのか？

逆に剣が傷付くだろ……あ、剣の自動修復スキルがあるから、刃こぼれしても大丈夫なのか。

ハルが、落ちたオリハルコンの針を回収した。

「ははは……で、ララエルはスキルだったのか？　それとも針？」

「私は伝令というスキルを賜りました。特定の人に言葉を送るスキルです。言葉を送るには、送る相手に登録する許可をいただく必要があるようです。イチノジョウ様、登録の許可をいただけますでしょうか？」

「ああ、頼む。伝令か。マイワールドからアザワルドへも声を届けられるかどうか、試してみないといけないな」

　そのあと、俺がもらったスキルについても説明し、ボス部屋を出たところでマイワールドに戻った。


　マイワールドに着くと、ララエルとキャロは露天風呂に向かった。ダンジョン攻略の疲れを取るのが目的だろう。スタミナヒールで体力は回復しておいたので、気分の問題かもしれないが。

　ハルにはフユンの世話を命じた。

　ダークエルフたちも一緒に世話をしてくれてはいるが、そのダークエルフたちから、フユンはハルに世話をされるのが一番落ち着くだろうと言われたのだ。

　俺は、まずレベルアップの確認をした。

　現在の職業別のレベルは次の通り。

【無職ＬＶ１２１　上級鍛冶師ＬＶ３２　法術師ＬＶ８０★　魔工鍛冶師ＬＶ２６　魔記者ＬＶ

８０★】

魔記者は唯一の低ランクの職業なので、たった一回の攻略で極めてしまった。レベルが５０近く上がっている。

それに比べて、無職のレベルはなかなか上がらないな。

一度限界突破しているのが原因だろう。

次は、取得したスキルと職業の確認だ。と思ったところで、ナナワットがやってきた。

うん、こうして毎回出迎えてくれるようになったのは嬉しい。

キュルルルと鳴いたので、俺はアイテムバッグから、切り分けておいた象肉を出して与えた。

そして、ナナワットが象肉にむしゃぶりついている間に、ログを確認した。

法術師については毎回確認していたので、それは除く。

【イチノジョウのレベルが上がった】
【無職スキル：眷属伝令を取得した】
【上級鍛冶師スキル：属性付与を取得した】
【上級鍛冶師スキル：打ち直しⅡが打ち直しⅢにスキルアップした】
【魔工鍛冶師スキル：魔法付与を取得した】
【魔工鍛冶師スキル：解放設定を取得した】
【魔記者スキル：インク節約を取得した】
【魔記者スキル：札リサイクルを取得した】

【魔記者スキル：インク強化を取得した】
【魔記者のレベルはこれ以上上がりません】
【称号：魔記者の極みを取得した】
【職業：魔文官が解放された】
【レシピを取得した】

レシピが大幅に増えているな。
ひとつひとつ確認していく。

眷属伝令：魔法系スキル【無職レベル１２０】
眷属に伝令を送ることができる。
伝令は一方通行で、相手の声は聞こえない。

おっと、ここにきて微妙にララエルと被った。
まぁ、俺の眷属は現在、ハルとキャロだけなので、ララエルの伝令のほうが、使い勝手がいい気がする。
「眷属……か」

俺が呟くと、象肉を食べていたナナワットが顔を上げた。俺はナナワットの頭を優しく撫でてから象肉を食べるように促し、考える。

眷属という言葉、無職のスキルにしては妙だと思っていた。

それまでは、職業を増やしたり、職業を変えたり、職業を調べたりと、職業に関するスキルばかりが増えていた。しかし、ここ最近覚えているのは、自分の世界を創造するスキルや眷属に関するスキル、またはよくわからないスキルと、職業とは無関係のものばかりだった。

そういうものだろうと考えていたが、ようやく合点がいった。これは神に関するスキルなのだと。

神のように世界を創造し、眷属を作る。そして、【×××】。突然別の場所に転移したり、眷属を召喚したりするスキルが発動した。これは俺の意志ではなく、もっと上位の、それこそ神の意志のようなものに振り回されるというスキルなのではないだろうか？

そう思えてきた。

まぁ、すべて自論に過ぎないのだが。

属性付与：生産系スキル【上級鍛冶師レベル２０】

武器、防具、装飾品を作成するとき、特定の属性を付与できる。

装備品以外に属性を付与することはできない。

鉄の剣などの武器を作るときにも、属性を付与できるのか。
光属性を付与できれば、ゴーストすらも切れる剣になる。
水の剣に火属性を付与したらどうなるのかも試したいが、水蒸気爆発をしそうで怖い。

魔法付与：生産系スキル【魔工鍛冶師レベル２０】
特定の魔法を武器に付与できる。
魔法が解放されたとき、武器は消滅する。

武器の消滅と引き換えに魔法を使うことができるってことか？
使い捨ての魔法道具ができるって感じだな。

解放設定：生産系スキル【魔工鍛冶師レベル２０】
武器に付与した魔法を解放させるための方法を設定する。
魔法付与を行っていない武器に設定しても、意味はなさない。

どうやったら魔法が解放されるかは、自由に選べるらしい。

剣が折れたらとか投げたらとか、そういう設定が可能なのだろう。

このスキルを見て、俺は思い出した。使い捨て前提の矢を作るときに便利そうだ。

かつて、フェルイトのダンジョンでジョフレが投げたエクスカリパー。

あの剣は、投げることで光り輝き、闇を打ち払った。

きっと、光の魔法が込められていたのだろう。

でも、あのときのエクスカリパーは、ただの鉄の剣だった。

（そうか、鍛冶の銘か）

銘入れ——武器に名前を付けることで、その名に応じた力を発揮させることができるスキルだ。

真里菜が教えたのだろう。投げて消滅するならば、エクスカリパーが最強だと。

おそらく、この世界には、一度投げるだけで消滅するような伝説の武器など、存在しないのだろう。しかし、真里菜からその話を聞いたカノンは、それを信じて武器を作った。

結果、通常の何倍もの威力の使い捨ての剣ができあがったに違いない。

「鍛冶師って、俺が思っている以上に奥が深いな」

鍛冶師系のスキルはここまで。次は、魔記者のスキルだ。

魔記者は最近集中してレベルを上げている。

どんなスキルか楽しみだ。

インク節約：生産系スキル【魔記者レベル２０】
札を作成するとき、少ないインクで作成できる。
ただし、インクを節約したぶん、札の威力も下がる。

これは、札の作成に必要なインクが減るというスキルか。
でも、威力が下がるなら、使うことはないだろうな。
いや、攻撃を手加減するときには使えるかもしれない。あと、通信札や転移札のような、威力とは無関係の札を作る場合には問題ない。

札リサイクル：生産系スキル【魔記者レベル２０】
このスキルを使って作成した札が使われたとき、一定の確率で札が再度使えるようになる。
確率は、スキルのレベルと札の種類によって変わる。

一度破れた札を修復するスキルじゃないのか。

まぁ、札を多く作るときは、使っておいたほうがいいだろう。

限界突破薬を飲んで魔記者のレベルをさらに上げるか、魔文官のレベルを上げれば、札リサイクルのレベルも上がっていくだろう。

インク強化：生産系スキル【魔記者レベル８０】
インクが色落ちしにくくなり、経年劣化しにくくなる。
また、インクを多く使うことで、札の威力が上がる。

経年劣化云々とかを除けば、インク節約とは逆の効果があるスキルか。

これは逆に、通信札や転移札に使っても意味がないだろう。

いや、もしかして、通信札に使えば通信の感度がよくなるのだろうか？

インク節約、通常、インク強化。暇なときにそれぞれの札を作って、確かめてもいいかもしれない。

とりあえず、スキルの確認はこれで終わりだ。

次は試しにスキルを使ってみるか。

俺は眷属伝令のスキルを使った。

『ハル。現在俺は、眷属伝令というスキルを使って試しに声を送っている。俺の声が聞こえたら、リリアナを見つけて、魔記者用の道具を持ってくるように伝えてくれ。もしも用事があって来られないようなら、近くにいる誰かに伝言を頼む』

伝令を送ってみた。

しかし、返事は来ないので、少々不都合がある。

これなら、通信札を使ったほうがいいだろう。

これまで魔記者の札を作れなかったぶん、いろいろと作ってみたい。

レシピを確認しよう。

「マジックタグレシピオープン」

俺はそう魔法を唱えた。

札は攻撃系、支援系、そのほかの三種類がある。

攻撃系として登録されている札は属性ごとに分かれていて、次の通りだ。

火属性：火札・爆破札
水属性：水札・水爆札
土属性：土札・土砕札
風属性：風札・乱風札

氷属性：氷札・雪氷札
雷属性：雷札・雷竜札
光属性：光札・聖光札
闇属性：闇札・暗黒札

それぞれ二種類ずつあり、草属性のような変わった属性の札はない。
次は支援系。

防御系：魔盾札・硬盾札
回復系：回復札・解毒札
強化系：強化札

名前だけしかわからないけれど、だいたいの効果はわかる。法術師が使う、シールドやヒールなどの回復魔法に似ている。強化札は、身体機能を強化できる札か。
残念なことに、解呪の札はなかった。

解呪札があれば、ディスペルがなくても対処できると思ったんだけれど。
最後に、そのほかの札を確認した。
そのほかの札は、系統別に区分けされていない。

通信札
通話札
設定札
消音札
拡声札
範囲札
発信札
録音札
受信札
鑑定札
転移札

転移札も作れるようになっていた。

鑑定札とか、面白そうだな。

でも、ここまでいろいろな札があるのなら、札屋などの店があってもいいと思うんだけど。これまで行った町の中に、そんなものはなかったよな？

んー、謎だ。

そう思っていたら、ナナワットが顔を上げ、遠くのほうを見る。

「ご主人様、お待たせしました。リリアナさんを連れてきました」

「おっ、伝令が届いていたのか？」

「はい、ご主人様の声が聞こえました。これはいいスキルですね。遠く離れていても、ご主人様を近くに感じられました。いまでもあの興奮が忘れられません。耳ではなく、心に直接届く感じがしました」

え？　そんなにいいのか？

俺もハルを近くに感じたいな。

主人伝令ってスキルとかを、覚えてくれないだろうか。

「イチノジョウ様。これが、没食子《もっしょくし》で作ったインクです」

リリアナが、以前から依頼してあったインクを持ってきてくれた。

小さな小瓶に入っている。

「これだけか？」

「すみません、これしかできていません。あと、一回分はルリーナさんに使ってもらいました」

一回分なら誤差の範囲だろう。パーティ設定をするときに使ったんだな。

半分としても、かなり少ないと思う。

没食子も結構大きかったし、この小瓶十本分はできると思っていた。没食子を渡してからも、かなり時間が経っている気がするが。

「魔記者の札作成用のインクは手間がかかり、普通のインクより精製できる量が少ないんです」

「そうだったのか。てっきり、小説を書いていて作業ができなかったのかと思った」

「……休憩中にちょっと書いていただけです」

書いていたのか。

ちなみに、リリアナが使っているインクは、煤と油で作ったらしい。油は、森の中で採取した実を使って作ったそうだ。

「でも、ルリーナさんも一緒に手伝ってくれたので、かなり進んだんですよ」

「ルリーナの魔記者のレベルが上がっていたのは、リリアナの小説を手伝ったからか……」

でも、僅か数週間でレベル１０まで上がるって、いったい何冊分の本を書いたんだ？

小説家に転職したほうがいいと思う。

「そういえば、インクを作る油はなんでもいいのか？」

「いえ、なんでもいいというわけではありません。いまは、この世界で取れる木の実を中心に、油を作っています」

木の実？　森には、果物が実る木は少なかったはずだ。

果物以外に油が取れる木の実といえば……あぁ、どんぐりか。船を造るときに樫の木などをいっぱい植えたので、そこから油を作ったのだろう。

「いろいろな種類の油が必要なら、用意できるぞ」

俺はアイテムバッグの中から、空のペットボトルを取り出す。

「オイルクリエイト」

魔法を使い、油を使った。

最初は一種類の油しか作れなかったが、いまはマッサージ用の油やサラダ油、発電機用のガソリンと、いくつかの種類の油を作り出すことができる。

「これは凄いですね。この油とかは、色といい粘り気といい、インクみたいです」

「タールだな」

刺激臭の強い油なので、あまり出したくないのだが、インクの色と一番近いので、試しに出してみた。

「ありがとうございます、イチノジョウ様。これでインク作りの研究がはかどります」

「ちょっと待ってくれ」

いまにも走り去ろうとしているリリアナの首根っこを掴む。

「なんですか、イチノジョウ様」

「魔記者の札を作ろうと思うんだが、作り方はわかるか？」

「紙を短冊状に切って、レシピ通りに文字を書けばいいだけですよ。これがペンです」

リリアナはそう言って、羽根ペンを俺に渡す。

新品のペンではなく、結構使い込まれているようだ。

「ああ、助かるよ——ところで、この黒い羽は？」

「はい、鶏の羽です。ピオニアさんにも、作るのを手伝ってもらいました」

あぁ、鶏の羽か。一瞬、カラスの羽かと思った。

本来なら、大型の羽を使えばいいって聞いたことがあったけれど、鶏の羽でもできるのか。

「そうだ、ナナワット。リリアナを森の家まで送ってやれ。お前は乗り心地がいいからな」

俺がそう言うと、象の肉を食べ終えたナナワットは、リリアナの股の間に首を突っ込んで力尽くで彼女を持ち上げ、自分の背に乗せた。

「あ、待ってください。油が——」

「ほら——」

俺は大きな布で、油の入ったペットボトルを包んで渡した。

「一番使いやすい油が見つかったら言ってくれ。ガロン単位で補給してやるよ」

俺は冗談っぽく言ったが、一ガロンってどのくらいの量だったっけ？

よく覚えていないが、大丈夫だろう。

「ありがとうございます。あぁ、ナナワット、もっとゆっくりお願いぃぃぃいっ！」

速度だけは速いからな。

でも、ナナワットは人を乗せることには慣れているから、間違えても振り落とすことはないだろう。

「あの、ご主人様」

ハルが申し訳なさそうに尋ねた。

「なんだ？」

「ご主人様は、乗馬スキルがあるからナナワットに乗るのも問題ないでしょうけれど、リリアナさんは乗馬スキルがないのに、大丈夫でしょうか？」

「……あ」

そういえば、俺には乗馬スキルがあったんだ。

乗馬スキルは馬だけでなく、デザートランナーのような、人間が乗るのに向いている魔物に乗るときも、自動で発動している。

「……ハル、見にいってもらっていいか？」

「はい、すぐに追いかけます」

ハルがナナワットを追いかけた。

うん、まぁ大丈夫だろう。

ナナワットは俺の命令をよく聞いてくれるし、十分餌をあげたから、鶏や亀を追いかけることはないはずだ。

俺は、近くのログハウスに入ると、ベッドの上で眠っているシーナ三号の頭にチョップを喰らわせ、テーブルの前の椅子に座る。

「ふぁ、敵襲ですっ！」

「敵じゃねぇ。あと、お前、いま語尾が訛っていなかったぞ」

俺はそう言ってから、アイテムバッグの中のコピー用紙をハサミで切って、短冊状にする。

「敵襲デス」

シーナ三号が言い直す。

敵じゃないって言っているだろ、キャラ付けのためにわざと訛りやがって。

寝るなら自分の部屋で寝ろよな。

「マスターの布団を洗って取り入れたら、太陽の匂いで眠ってしまったのデス」

「マイワールドに太陽はないぞ」

「太陽の匂いは、死んだダニの臭いなのデス」

シーナ三号が、とんでもないことを言い出した。

こいつの頭の中はどうなっているんだ。一回分解して取り出してみたい……いや、俺が拾ってきた竜核が入っているんだったな。

「それ、俗説で嘘だからな。本当は、汗や皮脂などが分解されて発散される匂いらしい。リラックス効果がある香りなんだ」

「マスターは物知りデスね！」

「あぁ。昔、寝具メーカーに就職しようと思ったときに、面接に備えて、そのメーカーが出している布団について、いろいろと調べたことがあったんだ。太陽の匂いの正体は、そのときに覚えた」

「それで、面接には受かったのデスか？」

「いや、書類審査で落とされた」

筆記試験がないから面接の準備をしていたのに、まさか書類を送っただけで落とされるとは。

「履歴書一枚で、俺のなにがわかるっていうんだよ」

「まぁまぁ、いいじゃないデスか。そのお陰でマスターは、ハルワタートに出会えたのデスから」

「その通りだが、お前がハルを呼び捨てにするな」

「そのお陰で、シーナ三号のマスターになれたのデスから」

「あのとき、どんな手《ミリのコネ》を使ってでも就職しておくんだったって、心底思うよ」

俺はそう嘯いた。

最終手段が妹のコネだというのも、情けない話だけれど。

魔王竜退治で、シーナ三号が自爆したときに流した俺の涙は、幻に過ぎなかったんだ。

「それで、マスターはなにをしているのデスか？」

「これだよ」

俺は短冊状に切った紙を見せた。

「七夕デスね！　シーナは蟹の缶詰が食べたいデス！」

「七夕じゃない。あと、願い事が食事の献立ってどうなんだ？　それに、どうせなら缶詰じゃなくて、蟹一匹丸々食べたいって言えよ。あぁ、もうツッコミどころが多いな」

俺は羽根ペンを使い、札にサラサラと文字を書く。

レシピのお陰か、見たこともない文字を書くのにも躊躇しない。

それに、速筆スキルのお陰で、かなり速く書ける。

ペンを走らせるたびにＭＰが消費されていくが、微々たるものだ。

「よし、できた。通話札だ」

通話札は二枚セットで、遠くにいる人と話すことができる。

一方的に声を届ける通信札とは違い、一定時間会話ができる。

ちょうどいい、シーナ三号で試すか。

「シーナ。この札で通話が可能か実験するから、隣の部屋に行ってもらっていいか？」

「わかったデス！　マスターのために実験体《モルモット》になるデス！」

言い方を考えろ。

まぁ、こっちが頼んでいる立場だから、文句は言わない。

シーナ三号が隣の部屋に行ったので、通話札を使用する。

「シーナ、聞こえるか？」

『「テステス、本日は晴天デス。聞こえるデス」』

壁が薄いためか、隣の部屋にいるシーナの声も、一緒になって聞こえてくる。

ちなみに、マイワールドの空はいつも白い。そういう世界だ。

よし、最初の実験は成功だ。

次に、俺は魔法を唱える。

「沈黙の部屋《サイレントルーム》」

これを使えば、外部からの音を完全に遮断できる。

「シーナ、聞こえるか？」

『はい、まだ聞こえるデスよ』

部屋の外からの声は聞こえなくなったが、シーナ三号の声は聞こえた。

問題ないようだ。

次に、沈黙の部屋《サイレントルーム》を解除してマイワールドから出ると、迷宮の最下層にもぐった。

「シーナ、聞こえるか？」

尋ねたけれど、返事がない。

「シーナ、聞こえないのか？」

やはり反応がない。

これは、アザワルドからマイワールドへの通信ができないのか。それとも、ダンジョンの中からダンジョンの外への通信ができないのか。

俺はマイワールドに戻った。

「シーナ、こっちに来てくれ」

俺はシーナ三号を呼び、三回目の声が聞こえたかどうか尋ねた。やはり、シーナ三号に声は届いていなかったらしい。

シーナ三号からも声をかけていたそうなので、相互通話はできないようだ。

「マスター。マイワールドの扉を開けたまま、通話はできるのデスか？」

「そういえば、それは試していなかったな」

早速、マイワールドの扉を開けたまま通話札を使えるか実験しようとしたが、札のインクが焼け焦げて使えなくなっていた。

札が使えるのは三分くらいか。

「設定札っていうのは？」

「パーティ設定をするために使う札デスね」

「あぁ、そうか。これがパーティを変更する札なのか」

ルリーナが作ってくれたやつだな。

「範囲札っていうのはなんだ？　札のなかで、一番意味がわからないんだが」

「これは、魔記者の表裏一体スキルのときに使う札デスね」

「あぁ、そうか。そんなスキルがあったな」

表裏一体は、札の表と裏に文字を書き込んで使えるスキルだ。

消音札は音を消す札で、拡声札は声を大きくする札だよな。

シーナ三号に聞いたところ、消音札を貼った空間ではすべての音量が十分の一になり、拡声札を使った者が声を発すれば声量が十倍になる。

　録音札は、声を録音して再生できる札らしい。

「発信札と受信札っていうのは？　通信札とは違うのか？」

「発信札と受信札は二枚一組の札で、発信札がある方角を受信札が探知できるのデス。これは、作ってから一週間くらい効果が持続するデス」

「使い捨ての発信機と受信機ってことか。盗聴札があれば、ストーカーは大喜びだな」

「通話札でできると思うデスよ。複数枚仕かけておけば、聞きたいときにその枚数分聞くことができるデス。札は高いから、そんな使い方をする人はいないはずデスが」

「え？　札は高いのか？　売っている店がないなって思っていたけれど」

「原材料費もそうデスが、インクが高いのデス。魔記者用の薬を調合できる薬師はかなり高レベルで、しかも一回分のインクを調合するのに一日もかかるそうデスから」

「そうなのか……」

　じゃあ、昔、ダキャットの国境町で魔記者の札を大量印刷しようとしていた人は、かなりの金持ちだったのか。薬師を大量に雇っていたんだろうなぁ。

「ん？　ていうことは、実はリリアナって優秀なのか？」

「ダークエルフデスからね。基礎魔力も多いから、調合も人間族《ヒューム》より大量にできて、レベルも上げやすいのデス」

　あぁ、そういえば俺も錬金術系のレベルを上げるとき、魔力枯渇になりかけたことがあった。キャロも、レベル1の薬師のときはそれで苦労していた。そうか、ダークエルフはＭＰが多いから、調合のレベルも上げやすいのか。

「ご主人様、戻りました」

「ハル、おかえり。リリアナは大丈夫だったか？」

「はい、大丈夫だったようです。家の前で目を回して倒れていたので、部屋に運んでおきました」

それ、大丈夫じゃないよな……。

そのあと、俺は回復札や攻撃系の札など、使えそうな札を数種類作った。

キャロの自衛にも使えると思うし、いざというときには、ハルたちのポーション代わりにも使えそうだ。ほら、お腹がいっぱいになっているときに、ポーションを飲まなきゃならないのって、苦痛だろ？

閑話　ニーテと日本酒

夜景が綺麗だといわれるホテルのスイートルーム。ツァオバールの首都の一流ホテルということもあり、一級品の部屋だった。

その部屋に、ニーテはマッチしていた。ただし、どちらかといえば客ではなく、使用人として。

理由は、彼女が着ているメイド服のせいだろう。

「あたしには勿体ない部屋だよな、本当に」

ニーテはそう言うと、ルームサービスで頼んだこの町産のワインのボトルを開けて、グラスに注ぐ。

そして、赤く透き通ったワインを見た。

この世界のワインは、マイワールドほどではないものの、地球に比べて非常に短期間で作られる。発酵と熟成を促すスキルがあるからだ。そのため、地球では数十年寝かせないと出ない味のワインが、この世界では僅か数カ月で完成する場合もある。ただし、かなり酒税が高いため、ワインが安価で飲めるということには繋がらない。

（いいワインだね。マイワールドでのワイン醸造にも使えそうだし、例のこともあるから、醸造所の見学に行かせてもらえないか、打診してみるか）

ニーテはそう思って、ワインの味を調べる。

ホムンクルスである彼女が、ワインに酔うことはない。ただ、純粋にワインの味を解析し、自分たちのワイン醸造に活かす方法を考えていた。数々の言動のせいで勘違いされることもあるが、彼女は姉のピオニア同様に、働き者だった。

勿論、せっかくなのでチーズを注文し、味を楽しむことは忘れない。

スーギューからのチーズ作りも本格的に始めたいし、可能ならば、黄金樹の実からも果実酒を造りたいと思っていた。ダークエルフたちが子孫を増やすために使うのは種だけで、果肉の部分は使わないからだ。

それに、外敵がいない以上、ダークエルフが増えすぎるのもよくない。

人数を維持するためにも、子供の数は制限しないといけなくなるだろう。

マスターの力でマイワールドそのものを大きくすることも可能だが、いずれは限界がくるだろうから。

可能ならば、女神トレールールに頼んで、さらに妹を増やしてほしいとも思っている。

シーナ三号もニーテにとって妹ではあるのだが、彼女は数百年稼働し続けた機械人形《オートマタ》としての記憶もあるので、いまいち妹という感じはしない。イチノジョウには絶対に言えないが、ニーテは妹ができることを、少し楽しみにしていた。

勿論、シーナ三号に死んでほしいとは思っていなかったし、生まれてもいない妹よりも彼女のほうが大事だったので、ピオニアの提案とイチノジョウの選択は、ニーテにとっても最適な方法であったといえる。

そんなことを考えながらワインを飲んでいると、足音が近付いてきた。

このホテルの従業員は優秀だから、こんなわかりやすい足音を立てることはないし、スイートルームは最上階のワンフロアが貸し切りなので、ほかの客が廊下を歩くことはない。

もしかして、イチノジョウが遊びにきたのだろうか？　と思っていたが、違ったようだ。

「ニーテさん、いらっしゃいますか？」

その声は、鈴木だった。

「あぁ、待ってくれ」

ニーテはそう言って扉を開けると、少し困惑した表情の鈴木が立っていた。

要件があるのは確かだけれども、言っていいのか困っている。そんな感じだ。

でも、ここまで来て、要件を言わずに帰ることはないだろう。

「お休みのところ、すみません。大変言いにくいのですけれど、ニーテさんに頼みがありまして」

「どうしたんだ？　醤油作りで、なにか問題でも起きたのかい？」

「いえ。醤油と味噌については、順調にできています。ただ――先日の講義で麹菌を受け取った者のひとりが、勝手に日本酒造りを始めていたようで」

その話を聞いて、ニーテは鈴木が申し訳なさそうにしている理由に気付いた。

ニーテが渡したコウジカビは、あくまで醤油と味噌を作ることを前提にしたものであり、コウジカビを増やす方法以外は説明していない。講義の途中に、日本酒造りについても質問がきたが、ニーテはあえて取り合わなかった。

今回は醤油と味噌作りに関する講義であり、日本酒造りについては、機会があれば行うと言って。そんな状態で日本酒が勝手に造られ、しかも問題が起きたから、ニーテに助けを求めているのだ。鈴木が、申し訳なさそうにしているのも当然だ。

「仕方がねぇな」

どうせここにいても、ワインを飲むか、ほかの酒を飲むか、食事を取るしか、することがない。そう思っていたニーテは、渋った顔をしながらも、内心は暇潰しにちょうどいいと思い、鈴木とともにホテルを出た。

ホテルから問題の醸造所まで行く間、鈴木がニーテに尋ねた。

「ニーテさんの服は……メイド服ですよね？」

「おう、似合うだろ？」

「はい。とてもよくお似合いだとは思うのですが、いったいどこで手に入れたのですか？」

「これは、あたしの主人にもらったんだ」

マスターと呼びたいところだが、つい最近、鈴木はシーナ三号と接触したことがあり、彼女はイチノジョウのことをマスターと呼んでいた。

それだけで、ニーテとシーナ三号が結び付くことはないだろうけれど、念には念を入れての発言だった。

しかし、それが思わぬ誤解を生むことになる。

「結婚していらっしゃったんですか」

「ははは。確かに主人と結婚できたらいいとは思うけれど、そういう意味じゃないよ。雇用主って意味だ」

「あぁ、そういう意味でしたか、失礼しました。ニーテさんのような魅力的な女性なら、結婚していても不思議ではないと思って、誤解してしまいました」

鈴木は恥ずかしそうにそう言うと、自分の誤解を謝罪する。

「もしかして、ニーテさんのご主人は迷い人ですか?」

「なんでそう思うんだ?」

「この世界の給仕服は、スカートの丈が長くて、どちらかといえばヴィクトリアンメイドのような服なのですが、ニーテさんのメイド服はフレンチメイドを改造した、ジャパニーズメイドのような衣装だと思って」

「……言っていることが、よくわからんな」

イチノジョウから、鈴木は頭がいいと聞いていたニーテだったが、頭がいいと一周してバカに見えるのだろうか?　と不安に思った。

マリーナとも仲がいいので、単純にコスプレ好きなのかもしれないとも思った。

「ニーテさんが配ったコウジカビは、ニホンコウジカビという日本――ええと、迷い人たちの故郷にしかない菌だったので、ニーテさんのご主人は迷い人なのかな?　と思ったんです」

「あぁ、そういうことか。どうなんだろうな。ただ、主人は仲のいい人からコウジカビをもらったって言っていたから、あたしの主人が迷い人だったとしても、コウジカビを持ち込んだ人とは別のはずだぞ。あたしはその人と会ったことはないから、どんな人かわからないけど」

嘘は言っていない。

コウジカビを日本から持ち込んだのはイチノジョウではなく、彼と仲のいい妹のミリであり、ニーテと面識はない。

「……そうですか。あれ？　でも、ニーテさんはご主人がいるのなら、なんで旅をしているんですか？」

「女にはいろいろとあるんだよ。野暮なことを聞くんじゃねぇ」

いろいろと設定を考えるのが面倒になったニーテは、そう言って話を打ち切った。

ふたりは、アザワルド街の商業通りにある酒蔵に向かった。

受付けに行くと、ふたりは酒蔵に案内される。

扉を開けると、酸っぱい臭いがニーテの鼻をついた。

醸造所には、容量が一升瓶で数千本分にも匹敵する木のタンクが置かれていて、黒いつなぎ服を着た男たちが、その周りを囲んでいる。

「杜氏《とうじ》、お客様をお連れしました」

杜氏と呼ばれた男が振り返る。その顔には見覚えがあった。

講義のとき、執拗に日本酒の造り方を尋ねてきた男だ。

やけに核心をついた質問ばかりしてくるので、日本酒造りについての知識はあると思っていたが、まさかいきなり大量の日本酒を醸造するとは、思ってもいなかった。

「おぉ、来てくださいましたか。ニーテ様、鈴木様」

ニーテの顔を見て、杜氏の顔に僅かに光が差す。

「あんたのために来たわけじゃないよ。鈴木には世話になったから、彼の顔を立てただけだ。それより――」

ニーテは日本酒のタンクに近付き、中を覗く。

タンクの中には、白濁した液体が満ちていた。

「凄い臭いだけど、これって本当に日本酒なんですか?」

「いいや、もうこれは酒じゃねぇ……ぺっ、酢になってやがる」

ニーテは、タンクの中の液体を柄杓で掬って口に含み、すぐに吐き出した。

「酢になる?」

「本物の酢ってわけじゃないよ。火落ち菌にやられたのさ」

「火落ち?」

「日本酒をダメにする菌だよ。ただしワイン造りにおいては、腐敗を防いだり、芳醇を高めたりするために使われるんだ」

「同じ菌なのに、酒の種類によって効果が逆なんですか」

鈴木の問いに、ニーテは頷いた。

「待ってください。我々は火入れをして、火落ち菌の対策もしっかりと行っていました！」

杜氏が声を上げた。

火入れとは、タンクに入れる前に、酒をお湯で間接的に加熱する工程だ。

「何度で火入れをした」

「六十四度です」

「間違っちゃいねぇな」

ニーテはそう言って首を横に振り、

「スキルを使っていなければの話だ」

と言った。

「あんたたち、酒の発酵を促すのに、発酵スキルを使っただろ？」

「当然です」

「発酵スキルっていうのは、菌の力を強めるものだ。だから、本来ならば六十四度にまで加熱されたら死んじまう火落ち菌も、生き延びちまった。それがタンクの中で増殖し、一瞬で酒を腐敗させちまったってわけだ。さらに言えば、火落ちした酒は、もうもとには戻らねぇ。火落ち菌がこれ以上増える前に、これは処分したほうがいいぞ」

「……そんな」

杜氏はそう言って、その場に頽《くずお》れた。

「ニーテさんは、こうなることがわかっていて、日本酒造りを教えなかったのですか？」

酒蔵からホテルへの帰り道で、鈴木がニーテに尋ねた。

「完全にわかっていたわけじゃないさ。あたしたちは、スキルを使った日本酒造りをしたことがないのでね」

マイワールドでも日本酒の発酵を速めているが、それは時間そのものに作用する天地創造の書の力を使っているので、菌の力を強めているのではない。そのため、スキルを使ったときにどのような不都合があるか、ニーテにはわからなかった。

いくら、生まれたときから地球とアザワルド、双方における多くの知識を有しているといっても、全知ではない。

「醤油や味噌なら、失敗したとしても、ある程度は取り返せるが、酒はなぁ」

「酒税の問題ですね」

鈴木の問いに、ニーテは黙って頷いた。

この国では、国民の多くが嗜む麦酒の酒税は低く設定されているが、高級品であるワインの酒税はとても高い。そして、さっきの杜氏が造ろうとしていた日本酒の酒税も、ワインと同じ税率が設定されている。

現存しない日本酒にまで税金を設定している国は恐ろしいと、心から感じる。

しかも酒税は、飲めなくなった酒の分も支払わなければいけない。

つまり、先ほどの醸造所は、日本酒がダメになったことで、原材料費と日本酒造りにかかった時間を失っただけでなく、さらにこれから税金分の金を失うことになる。

杜氏がどんな責任を取らされるのか、ニーテにはわからない。マイワールドの銀を売ってお金を作れば、酒蔵の損失を埋めることはできるだろうが、あれはイチノジョウのものだし、第一、ニーテの忠告を無視して勝手に日本酒造りを断行した彼を、庇うつもりはなかった。

そして、それは鈴木も同じだったようだ。

「あそこは、この町でも五本の指に入るワイン工房ですからね。今回の損失は痛いと思うけれど、それでもいつかは、本物の日本酒を造れるかもしれませんね」

「そうなったらいいな」

ニーテはそう言うと、振り返った。

酒蔵を見ると、僅かに空気が淀んでいる気がした。

「どうなさったんですか?」

「いや、なんでもないよ」

ニーテは目を閉じて首を横に振り、ホテルに向かって歩き始めた。

「そういえば、鈴木はメイドが好きなのか?」

「…………」

ニーテの問いに、鈴木は一瞬考えたあと、

「うーん」

と唸った。

「嫌いだったら、別にいいぞ」

「嫌いじゃありません」

彼は明後日の方向を向いて、そう言ったのだった。

第四話　狂乱化の呪い

マイワールドから、先に俺ひとりでダンジョンに戻った。

ダンジョンからは、俺がその場で作った転移札を使って脱出した。今後は、脱出がかなり楽になるな。

いや、ニーテは《脱出《エスケープ》》の魔法が使えるんだから、あいつがいるときは、わざわざ札を作る必要もないんだった。

地下一階層にハルとキャロを召喚して、三人で合流した。

召喚することは伝えてあったので、入浴中のキャロを呼び出してラッキースケベとか、そういうことはない。

俺たちが地上に戻ったときは、すでに夕方になっていた。

キャロとの約束を守るため、俺たちは展望台に向かう。入場料はひとり十センスだったので、三人分を支払った。

この明るさなら、まだ町を一望することができるだろう。

「これがエレベーターか」

ずっと螺旋階段が続いている吹き抜けの部屋だが、中央にはエレベーターらしきものが上下している。

エレベーターらしきものといっても扉があるわけではなく、台がひとつ、ただ上下するだけの仕組みである。

どちらかといえば、上下に動くリフトみたいだ。乗る板が乗降口に着くと、いちおう一時的に止まるようにはできている。

この時間でも展望台に行く人はいるらしく、俺たちと一緒に、一組の男女のカップルが、同じエレベーターに乗っていた。

台が一番下に来たところで、皆で乗り込んで上に上がっていく。

視点が上昇していくところは、鷹の目を使っているかのようだ。

「きゃあ、怖いわ」

「ははは、僕がついているから大丈夫さ」

女性が悲鳴を上げて男性に抱きつき、男性が女性の背中に腕を回す。

驚いた。この世界に、ジョフレ&エリーズよりも腹が立つカップルがいたのか。

いや、これはただの嫉妬だな。

考えてみれば、嫉妬されるのはむしろ俺のほうだろう。

ハルとキャロ、ふたりの美少女と一緒にいるのだから。

そう、両手に花だ。

「ポチに乗ったときのことを思い出せば、怖くありませんね。私の足なら、螺旋階段を駆け上がったほうが速いでしょうか。今度来たときは、どちらが速く上までいけるか試してみたいです」

「エレベーターと建物の維持費として必要なのは、一日三百センスくらいでしょうか。従業員の給料や緊急時のための蓄えを考えると――一日最低五百人の集客は欲しいところですね。展望台にレストランを誘致し、テナント料をもらったほうが、経営的には安定するかもしれません」

ハルとキャロの反応が、なんか違う。

特にキャロさん――デート気分で来たかったのではないのか？

「……ふっ」

でも、そうだよな。

これがハルの魅力だし、キャロの魅力だもんな。

どうだ。嫉妬するなら、してみろ。

「ねぇ、あの三人おかしくない？　女の子は変なことばっかり言っているし」

「男はニヤニヤしてこっちを見ているしな」

嫉妬はされていなかった。引かれていた。

確かに、デートスポットで空気を読んでいないのは、こっちのほうでしたね。ごめんなさい。

台は最上階で止まった。展望台にも、カップルや家族たちの姿が見えた。

高さは三十メートルぐらいで、東京タワーの十分の一もないが、高層ビルどころか三階建ての建物すらほとんどないため、町を一望するには十分だった。

町のあちこちに街灯が立ち並んでいて、ちょうど俺たちが見下ろした直後に点灯した。まるで、マレイグルリという町全体が、俺たちを歓迎してくれているかのようだった。

「絶景だな」

「はい。格子状に延びた道と、通りごとに特色のある建物の屋根が、夕日に照らされて――って、説明する必要はありませんね」

「そうですね、キャロ。これは一言で十分でしょう」

ハルの言葉に俺は頷いた。

「あぁ、綺麗だ」

本当に綺麗な街並みだった。

これがマレイグルリなのか。

展望台の壁には、ここから見える建物の説明が書かれている。

東部にある大きな三階建ての建物が、教会兼庁舎か。

「この町は首都なのに、王城はないのか？」

ツァオバールは王国だったはずだ。王国の首都ならば、城があって王族が住んでいると思ったのだけれども、よく見ると王族だけでなく、貴族が住むような家もない。

むしろ、鈴木が住んでいる家が展望台からも確認でき、そっちのほうが広いことがわかる。

「はい。ツァオバールの城は一度落城して、南東部の山の上に、再度城を築いたのです。そして、魔王との戦いが終わったあと、王家はダイジロウ様にこの町の自治を託したと言われています。この地に王城を再建するためのお金が、残っていなかったのでしょう」

最後は俺にだけ聞こえるような小さい声で、キャロが説明した。

お金がないから城を作れなかっただろうって、不敬罪が適用されても文句が言えない台詞だもんな。

俺は苦笑し、外を見た。

「貴族たちも、その山の麓に貴族街と呼ばれる町を作って、そちらに住んでいます。マレイグルリに住んでいる人は、あまりいません」

まぁ、十数年前まで、このあたりも激戦地だったのだ。

王族が住んでいないのも仕方がない。

財政的に落ち着いてきたら、再度この地に王城を築くことになるかもしれないが、それこそ百年単位で先の話だろう。

「…………っ！」

ハルが、なにかに気付いたかのように身を乗り出す。

展望台といっても、ガラスが張られているわけではなく鉄の柵しかないので、落ちるのではないかと驚いた。

「どうしたんだ、ハル」

「いえ、気のせいかもしれません。一瞬、タルウィが見えた気がしたのです」

「タルウィが？」

「すぐに建物の陰に入ったのでよくわかりませんが、見間違えたのだと思います」

白狼族のタルウィとは、つい数日前にゴーツロッキーで共闘し、別れたばかりだ。ポチという高速移動手段がある俺たちと違い、通常の手段でマレイグルリに現れることはないだろう。

ハルが自分で言った通り、見間違えの可能性が一番高い。

展望台で景色を楽しんだ俺たちは、大切な仕事として、冒険者ギルドへトラップドールの報告に向かった。

このなかで冒険者はハルだけなので、報告は彼女に任せる。

トラップドールを討伐した証拠として、レアメダルを三枚、ハルに預けた。

受付けで説明をすると、いきなり奥のギルドマスターの部屋に通されたので、そこまで大袈裟なことなのかと思った。

「上級者向けのダンジョンでも複数のレアモンスターか……厄介だな」

ギルドマスターは、俺たち三人から根掘り葉掘り話を聞き出したあとに、そう言った。

「ということは、ほかのダンジョンでもレアモンスターが目撃されたのですか？」

「あぁ。中級者向けのダンジョンでも、初級者向けのダンジョンでも、複数のレアモンスターが目撃されている」

まぁ、俺もフロアランスで、二回レアモンスターと遭遇しているし、珍しいことではないのかな。

「レアモンスターはとても珍しいし、本来なら一体ずつ出現するはずなのに、妙ですね」

ハルが言った。やっぱり珍しいことだったらしい。

「ああ。初心者向けのダンジョンでは複数の怪我人が、中級者向けのダンジョンでは犠牲者も出た。そして、上級者向けのダンジョンでトラップドールが三体——被害が拡大する前に討伐してくれて礼を言う。だが、調査が必要だから、三カ所すべてのダンジョンを、しばらく封鎖しないといけないだろうな」

「すべてのダンジョンを封鎖するのですか？」

「言っただろ、犠牲者が出ていると。本来、冒険者ギルドがダンジョンの入場を禁止することはないのだが、事態が事態だ。調査と上級者向けダンジョンの罠の解除を行い、問題がなければ封鎖は解除する」

「……はぁ」

そんなこともあり、即売会までの時間が暇になってしまった。

ダンジョンに行けなくなった俺たちは、買い物や観光地巡りで時間を潰していた。幸い、ダンジョン探索で解除した罠や集めた魔石などを買い取ってもらって、かなりの金が手に入った。カネーシャの魔石なんて、五万センスで売れた。かなり強い魔物だったからな。

三日くらい経過したところで、ニーテから連絡が入り、マイワールドに戻りたいと言われた。スイートルームに飽きたんだとか。一週間分の料金を鈴木が前払いしていたらしく、勿体ないと思ったけれど、本人が望むのならそのほうがいいだろう。

鈴木には、ニーテは次の旅の目的地が決まったので、この町を去ったと伝えておいた。

連日の観光地巡りだったけれど、日本人街はまだまだ観光場所があるようだ。

「ご主人様、見てください。あれは幻の鍛練器具、コンダラではありませんか？　魔王様の書庫の書物で読んだことがあります」

「いや、あれは人力車だよ。馬車の荷台を、馬の代わりに人が引くものといったらわかるかな？　観光地などでは、町の中をゆっくり見て回りたいし、説明も聞きたいからちょうどいいんだ」

決して、重いコンダラ――整地用手動式ローラーではない。

「ご主人様、あの赤いものはなんですか？」

「あれは鳥居だな。稲荷神社って書いてあるから、狐を祭っているんだろう。俺のいた世界では、稲荷神社は産業全体の神様だったからな。多くの場所で祭られていたんだ。俺が住んでいた家の近くにもあったよ」

「イチノ様、詳しいですね」

キャロが感心するように言った。

詳しいのは当然だ。神社には、就職の成功を祈願して何度もお参りにいったし、厄払いも七度くらいしてもらったことがある。

五度目の厄払いにいったときは、「またダメだったんですね」と神主さんに言われるくらい、顔馴染みになったものだ。

「でも、稲荷神社がこんなに堂々と存在していいのか？　宗教的に」

そう思って神社の境内に入ると、社《やしろ》の中に飾られていたのは女神像だった。

狐耳と狐尻尾を着けた、トレールール様の……。

「おいっ！」

思わずツッコミを入れた。

これを作ったの、絶対に迷い人――日本人だろ。

トレールール様、地味に人気があるな。

そもそも、この世界には本物の茶狐族がいるはずだ。フロアランスで冒険者ギルドの受付けをしていた人がそうだった。

こんなものを作って、女神教会は怒らないのか？

「あ、説明がありますよ。ええと、迷い人がダンジョンをクリアしたとき、クリア報酬としてトレールール様から許可をもらったみたいですね。直筆のサインを添えて。女神様が自ら許可を出したのであれば、教会も文句を言えません」

いちおう説明には、「獣人族と人間族とが手と手を取り合えるよう、願いを込めている」とあるが、絶対に迷い人の趣味だ。

……トレールール様も、適当だなぁ。

トレールール様も、もともとは生贄として神に捧げられたのだろうか？

まったく仕事をしなかったから、その罰として……とか、そういう理由かもしれない。

とりあえず、俺たちは三人でお賽銭を入れ、神社らしく、二礼二拍手一礼をして祈りを捧げた。

ダンジョンの女神像ではないので、女神の空間に意識が飛ぶことはない。

「へぇ。ここが、狐耳のトレールール様が祭られている教会か」

「教会じゃなくて、神社だっていってたぞ」

「……女神の住まう地か」

あれ？　なにか知っている声が聞こえてくる。

振り返ると、そこにいたのは、キッコリ、インセプ、チュートゥの傭兵トリオだった。

「イチノジョウさんじゃないか！　え？　もしかして、俺たちより先に町に着いていたのか？」

チュートゥが喜びの声を上げた。

「ああ。ハルたちは初対面だったな。こいつらは一緒に仕事をしたことがある傭兵の三人、キッコリ、インセプ、チュートゥだ」

俺が名前を呼ぶと、キッコリとチュートゥは軽く頭を下げた。

そして、次にハルとキャロを紹介しようとしたときに、インセプが割り込んできた。

割込み君、再来だな。

「あ、その子が、イチノジョウさんが言っていた妹ですか？」

「いまから紹介するって。彼女はハルワタート、そしてこの子はキャロルだ。一緒に旅をしている。ニックプラン公国とシララキ王国では理由があって別行動をしていたけれど、ゴーツロッキーで合流したんだ」

俺が紹介すると、ハルとキャロが頭を下げた。

それを聞いて、キッコリがニッと笑った。

「あんたがファイルの娘のキャロルだな？」

「はい、ファイルは私の父です」

「やっぱりそうか。親父さんと目がそっくりだ」

　キッコリがキャロを見詰めてそう言う。

「ファイルと俺は友人でな……あぁ、なんて言ったらいいのかな。あんたのことは、ファイルからの手紙に何度も書かれていて、読んでいるうちに自分の娘のように……ははっ、目にゴミが入りやがった」

　キッコリが目元を押さえて、キャロとの出会いを喜んだ。


　キッコリとキャロがとりとめのない会話をしている間に、境内ではハル対インセプとチュートゥの模擬戦が行われることになった。

　境内で暴れていいのかなと思ったけれど、女神に戦いを奉納するのもまた、戦う者の役目らしい。それで喜ぶのは、セトランス様だけだと思うけれど。

　勿論、武器は三人とも木刀だ。

　ハルは二刀流を得意とするが、今回はふたりに合わせて一本の剣で勝負する。安全性を考慮し、スキルの使用は禁止にした。俺でも手刀でスラッシュを使えば、魔物を殺すことができる。木刀とはいえ、殺すことは容易だろう。

　三人それぞれ武器を持ち、間合いを取りながら相手の出方を窺う。

先に動いたのは、インセプとチュートゥだった。

左右から同時に、ハルに攻撃を仕かける。

連携が取れている。左右からの同時の攻撃、確かに一本の剣で防ぐのは難しい。ただし、ハルが動かなければの話だ。

ハルが先にインセプと距離を詰め、先にその木刀を弾いた。その間にチュートゥが攻撃を仕かけるが、同時ではなくなった攻撃を防げないハルではない。彼女は木刀でチュートゥの攻撃を受け止めた。

そのあとも、カンカンカンと木刀のぶつかる音が聞こえてくる。

ハルらしくない動きだ。

ハルは基本、攻撃を受けることはない。その速度を活かし、目にも止まらぬ早業で倒すか、もしくは敵の攻撃を躱し、カウンターの一撃を喰らわせる戦い方を得意とする。

しかし今回は、攻撃を受け止めるか弾くほうが多く、そして自分の攻撃もギリギリ、インセプたちが受け止めるか躱せる速度に抑えている。

楽しんでいるのか。

上級者向けダンジョンでは、トラップドールが出てきたせいで序盤は急ぎ足で攻略したし、魔象カネーシャはハルと相性が悪かったから、あまり戦えなかったしな。

そのあとも、三人の剣の打ち合いは十分間、キャロとキッコリの話が終わるまで続いた。

「はぁ、はぁ、さすがイチノジョウさんの仲間です……まったく勝てる気がしない」

「僕とインセプのふたりを相手に、ここまで戦えるとは……戦いの女神セトランス様の加護を受けているかのようだ」

インセプとチュートゥが、荒い息でハルを褒め称えた。

はい、セトランス様の加護は受けています。俺だけですが。

「おふたりの動きも悪くありません。今度は三対一で戦いますか？　それなら、私も二刀流で相手をしましょう」

僅かに呼吸が乱れているが、ハルはまだまだ余裕がありそうだ。

インセプとチュートゥは、笑って首を横に振った。

【イチノジョウ様、ララエルです。ハルワタート様とキャロル様の服ができあがりました】

脳に直接声が響く。

レベルが上がったときのメッセージを聞く感覚に近いけれど、無機質なメッセージと違い、女性の声が聞こえるというのは、耳元で囁かれる以上にゾクっとした。

ハルが、俺からの伝令を聞いて、喜んでいたのがわかる。

あと、伝令は通話札と違い、マイワールドからアザワルドへ言葉を届けることも可能なのを知った。通話札のほうが便利だと思ったが、伝令は実際に声に出す必要はないので、誰にもバレずに合図を送ることもできる。

使い分けができそうだ。

「ほら、ハル、水を飲め。ついでにスタミナヒール、浄化《クリーン》」

俺はハルに水分補給を促し、スタミナヒールで体力を回復させ、浄化《クリーン》で汗を綺麗に落としてやる。

生活魔法はクールタイムがほとんどないので、そのままの流れでインセプとチュートゥにも、スタミナヒールと浄化《クリーン》のセットをかけてやった。

「ふぅ、気持ちいい。ありがとうございます」

「……感謝する」

インセプとチュートゥが礼を言った。

「悪い、キッコリ、キャロ。話はまた今度でいいか？　用事ができたんだ」

「いや。話したいことは、だいたい話したよ」

「キャロも、お父さんの話がいっぱい聞けて嬉しかったです」

キッコリは少し話し足りない感じだったけれど、キャロはとても満足そうにしていた。

キッコリのほうは、子離れできない父親みたいだな。

思考トレースを使えば、喜び半分未練半分といったところだろう。

あいつらが泊まる宿は聞いたし、また今度遊びにいこう。

キッコリたちを境内に残し、俺たちは人気《ひとけ》のない場所に向かった。

その途中で、俺はキャロに声をかける。

「……なぁ、キャロ……」

父親のファイルさんのこと、どう言えばいいだろうか？

そう思って言葉に詰まっていたら、キャロが俺を見上げて言った。

「お父さんは私のことを、とても愛してくれていました。生まれる前も、生まれてからも。それがわかっただけでも、キャロはとても嬉しいです」

彼女が本当に嬉しいか確かめるのに、思考トレースを使うまでもない。

だって、その笑顔が物語っているから。


マイワールドに戻ると、ララエルが迎えてくれた。

彼女の手元には、特別な製法で作られた服がある。

俺たち三人は一度自分の部屋に戻り、ララエルから渡された服に着替えることにした。

伸縮性があって動きやすい。これで防御力が高いのか。

ダークエルフの技術の高さに驚かされる。

俺が部屋を出ると、ハルとキャロは、すでに着替え終わって待っていた。

ふたりの衣装もまた、いままで彼女たちが着ていた服と変わらない。

浴衣のふたりも可愛かったけれど、やっぱりこの姿が一番似合っているよね。

「ご主人様、この服は素晴らしいです。マティアス様が用意してくださった服も十分に戦えましたが、この服はさらに動きやすいです」

「肌触りは絹を上回ります。この品質でララエルさんのおっしゃる性能があるのでしたら、この服一着で五万センス……いえ、十万センスで取り引きされてもおかしくありませんね」

キャロが査定を行う。

十万センスっ⁉　じゃあ、三着で三十万センスってことか？

「子供服で十万センス……とても貴重なものじゃ――」

「イチノ様、子供服は失礼だと思います」

「あ、すまん」

つい、言い間違えてしまった。

「素材は高いものではありませんよ。すべてマイワールドで取れますから。布を作るのは少し手間ですが、ピオニア様も手伝ってくださいましたし」

ララエルがそう言って微笑んだ。

「マスター、マスター！　見てほしいデス！」

着替え終わったところに入ってきたのは、シーナ三号だった。

髪はすっかり伸びている。

そして、その服は――

「着物？」

そう、シーナ三号の服は着物だった。

ハルとキャロが浴衣から普段着に戻ったと思ったら、今度はシーナ三号が着物？

いったい、どうして？

コスプレ用に作るようなものではなく、かなり本格的な着物だ。

「あたしが鈴木にもらったんだ」

「私が着付けを行いました」

ニーテとピオニアもまた、着物姿だった。

なぜか、腰の部分がかなり分厚い。帯が長すぎるだろ。

「マスター。あたしは醤油作りを教えたんだし、ご褒美が欲しいんだ」

「スイートルームに泊まって、ルームサービスをいっぱい注文したんだろ？」

「あれを払ったのは鈴木だし、その金はあたしが育成したコウジカビの代金だ。でも、あたしに醤油作りを依頼したのは、マスターだろ？　あたしたちホムンクルスはマイワールドの管理のために生まれたけれど、醤油作りを教えるのは、さすがに管轄外だと思わないか？　時間外労働だと思わないか？」

そう言われたら、つらい。

ピオニアたちホムンクルスは、マイワールドを管理するためにトレールルール様から賜った。

マイワールドの外での活動は、ニーテの言う通り管轄外だ。

「でも、ご褒美ってなにが欲しいんだ？　金や宝石ってわけでもないだろうし、ＭＰはいつもやっているだろ？」

「ニーテ、ほどほどにするのですよ。私は着替えてきます。この服では仕事がしづらいので」

ニーテが答える前に、ピオニアはそう言って部屋を出ようとした。

俺はピオニアを呼び止める。

「ピオニア――着物、とっても似合っているぞ。今日一日くらい、その姿でいたらどうだ？」

「……ありがとうございます。でも、着物が汚れるのは勿体ないので」

ピオニアは表情を変えずに軽く頭を下げ、ログハウスを出ていった。

「で、ニーテ。あと、シーナ三号も期待の眼差しで見ているってことは、俺になにかしてほしいんだろ？」

「当然デス！　マスターのせいで、シーナ三号の髪がズタボロになったのデスからね」

「お前の髪が食べられたのは、お前がケンタウロスを挑発したことが原因だって聞いているが？」

「き、気のせいデス」

「俺の目を見て言えよ」

はぁ……まぁ、俺が不用意にケンタウロスを預かったせいで、問題が起きたのは事実か。

褒美を与えたり詫びをしたりしないというのも不義理だが、しかし、ふたりの望みのままというのもな。

よし、美味しい菓子でも作ってやるか。

それで済ませよう——そう思ったのに。

「私とキャロはいつも褒美をいただいているのに、ご主人様の忠臣であるふたりに褒美がないというのは、確かに平等ではありませんね。ふたりの望みを聞いてあげてはいかがでしょう？」

「ニーテさんとシーナ三号さんなら、間違っても子供ができることはないでしょうから、問題はありません」

え？　なんでふたりとも乗り気なの？

特に、キャロはなにを想像しているんだ？

「で、お前ら、なにをしてほしいんだ？」

「「あーれーをしてほしい（デス）！」」

「あん？」

うん、聞き間違いだよな。

あれをしてほしいって言ったんだよな。

俺は勘が悪い。

「あれってなんだ？」

「あーれーだぜ。お許しくださいお代官様だぜ」

「あーれーデス。お許しくださいお殿様デス」

聞き間違いじゃなかったらしい。

帯回しをしてほしいってことか？

どうりで帯が長いと思った。

「なんで帯回しをしてほしいんだ？」

「着物があるんだ、お約束だろ？」

「面白そうだからデス」

「……はぁ。まぁ、それだけでいいのならいいか」

俺は、ふたりが差し出してきた帯の端を掴む。

ニーテとシーナ三号が、期待の眼差しで俺を見ている。

ハルとキャロが、興味津々に俺を見ている。

なんだ、この状況。

男がこれほど萎える帯回しが、あっていいのだろうか？

「マスター、例の台詞も頼むぜ」

「ワクワクデス！」

これは、ニーテとシーナ三号へのご褒美ではない。

ましてや、俺へのご褒美でもない。

傍にいる女性を無計画に増やしてきた、俺への罰なのだ。

「わかった。やってやるよ」

俺はそう言った。

気合を入れる。

俺は帯を思いっきり引っ張り、

「よいではないか、よいではないか」

気分は悪代官だ。悪代官という職業があったら、絶対に【帯回し】というスキルが存在するだろう。

「あーれーだぜ」

「あーれーデス」

ニーテとシーナ三号が、笑いながらくるくると回っていた。

まるで独楽のように回るふたりを見て思った。

この世界は独楽のように回り続けることで、終焉の予言から逃れ続けている。

独楽が倒れたとき、世界は終焉を迎える。

俺という存在は、いわば世界という独楽を回すための紐なのだ。

目を回して嬉しそうに倒れるふたりを見て、俺は思った。

本当に、俺の存在が世界を守っているのだろうか？

メティアス様、絶対に間違えているだろう。


即売会の前日。

俺は鈴木に呼び出された。

「狂乱化の呪いについて、魔法捜査研究所の職員による調査が行われた。結果、狂乱化の呪いにかかっている者が見つかった。彼らは現在、保護施設に収容されている。楠君、ディスペルを修得したって聞いたけれど、解呪を頼めないかな」

「あぁ、わかった。ふぅ、これで一件落着だな」

俺はそう言って笑ったけれど、鈴木の顔が晴れない。

なぜだ？

そう思って、さっきの鈴木の言葉を思い出す。

『彼らは現在、保護施設に収容されている』
……彼ら？

「鈴木、待て。狂乱化の呪いにかかっていたのは、ひとりじゃないのか？」

「うん、三名見つかった。しかも、楠君が見つけた髪の持ち主は、その三名のなかにはいない」

「つまり、最低四人は狂乱化の呪いにかかっていて、しかも残りが何人いるかわからない――ってことか？　それっておかしいだろ」

　人を呪わば穴ふたつ。

　狂乱化の呪いを使えば、レベルが1になるか職業を失うか、最悪死に至るって言っていたはずだ。呪術師も珍しい職業なのに、そんなに大人数を呪えるのだろうか？

「考えられる可能性としては、呪術師の協力者、もしくは本人に、取得経験値二十倍などの、いわゆる成長チート系の天恵があることが考えられる。成長チート系のスキルがあれば、通常の何十倍の速度でレベルを上げられるからね。週にふたりくらいなら、呪いをかけることができるだろう」

　そう言われて、俺は吹き出しそうになった。

　俺は何百倍の速度でレベルを上げている。

　なるほど。呪術を発動させるための代価がレベルだというのなら、成長チートの天恵とは相性がいいだろう。

「でも、それはないと思っている。日本人がこの世界に来れば、ダイジロウさんの指示通りに近くの町の教会で転職して、天恵はすべて教会に報告される。そして、経験値倍増などの天恵を持っている人の多くは、領地持ちの貴族か王族のために働くことになっているし、レベルアップに必要な経験値が少なくなる天恵を持っている人は、国家事業でパワーレベリングされたのち、将軍として重用されるんだ。つまり、国が管理していない成長チート系の人間はいない」

……いや、ここにいるぞ。とは言えないな。

俺が素直に町の教会で転職していたら、どこかの国で将軍をしていたか、貴族のパワーレベリング要員になっていたのか。そうしたらハルとは出会えなかっただろうけれど、貴重な就職の機会を潰した気分だ。いまさら報告するつもりはないけれど。

「まぁ、楠君みたいな例外はいるみたいだけど」

「ぶほっ」

今度は本当に吹き出してしまった。

「な、なにを言ってるんだ。鈴木」

「別に鎌をかけたわけじゃないよ。だって楠君、この世界に来たばかりだって言っていたじゃない。なのに、魔王竜を圧倒する魔力がある。それだけ聞けば、魔力強化系の天恵の可能性も僅かにあるけれど、僕から話を聞いて短時間で法術師を極めた。もう、成長チートとしか思えないよ」

「……黙っていてくれると――」

「黙るもなにも、君はもう准男爵――しかも、パウロ伯爵の配下に加わっている。ほかの貴族の配下の情報は、口外してはいけない。それを決めたのはシララキ王国の国王だ。君の正体を報告すれば、シララキ王国に背くことになる。僕もシララキ王国の貴族だ、それはできないよ」

そう言って、鈴木は苦笑した。

外見だけじゃなく、行動もイケメンだな、こいつは。

俺が女だったら惚れてるぞ、バカ野郎。

「でも、楠君の例を考えても、成長チートの件はないと思う。たった数日で、狂乱化の呪いにかかっている人は三名見つかった。この町全体で考えれば、五十名近くの人が狂乱化の呪いにかかっていると思う。いくら成長速度二十倍の天恵があっても、現実的じゃない。ただ、狂乱化の呪いを短期間に何度も発動できる条件が、もうひとつある。こっちも全然現実的な話じゃないんだけどね」

「現実的な話じゃないのなら、違うんじゃないか？」

「ほら、有名な推理小説でも言っていたでしょ？　『不可能なものを除外していって残ったものが、たとえどんなに信じられなくてもそれが真相なんだ』って」

「コ〇ンだな」

「うん。コナン・ドイルのシャーロック・ホームズの台詞だね」

……俺は漫画のタイトルで言ったんだけど、その主人公にリスペクトされているほうだった。そういえば、鈴木は推理小説だって言ったな。

「で、鈴木・ホームズのたどり着いた結論ってのはなんなんだ？」

「鈴木・ホームズって、ファミリーネームの連続だよね。せめてシャーロック・鈴木にしてよ。いや、そう呼ばれたいわけじゃないけど。うん。レベル以外の代価を使うことだよ」

「レベル以外の代価？　そんなのが可能なのか。それなら、それが正解じゃないのか？」

「うん。でもその代価に必要なのが、職奪の宝石という、とても珍しい道具なんだ」

「――職奪の宝石だってっ⁉」

「なにか心当たりがあるの？」

グラスト様の名誉のために黙っていようかとも思ったけれど、ゴーツロッキーの事件はすでに、グラスト様からシララキ王国の上層部にも連絡がいっている。

鈴木の口は堅いだろうし、大丈夫だろう。

俺は、ゴーツロッキーで起こった事件について、一通り鈴木に説明した。

「王妃に化けていた鬼の男に、消えた職奪の宝石。点と点が、一本の線で繋がる可能性があるね。報告をするにはまだ証拠が足りないし、証拠があったとしても、いまやることは狂乱化の呪いにかかった人の発見と治療しかないね」

「だな。発見については任せるから。治療はしてやるよ」

「恩着せがましいね。楠君が発見したせいで、僕が動き回る羽目になっているんだけど」

「いいじゃねぇか。ほら、主人公の宿命ってやつだろ？」

「王家を巡る陰謀で魔族を倒したり、魔王竜を倒したり。君のほうがよっぽど主人公じゃないか」

「違うな。なぜなら、主人公はあーれーをしないだろ？」

あれをするのは、悪代官かバカな殿様くらいなものだ。

「あーれー？」

「俺はただ、独楽を回すための紐だってことだ」

自由に生きることを許された、独楽を回すための紐だよ。

保護施設というから、郊外の人里離れた建物かと思っていたけれど、魔法街にある大きな建物だった。

昔、魔道具を作成するために建造された工場を、改造したらしい。

見張りがいたけれど、鈴木が男爵のブローチを見せると身分照会が行われ、俺についても質問されたあと、建物に入る許可書が出された。

飛空艇のドックよりも審査が厳しいのは、それだけ狂乱化の呪いが恐ろしいものだからだろう。

「なんの魔道具を作っていたんだ？」

「魔法の剣を作っていたみたい」

「魔工鍛冶師の工房ってことか？」

「ははは、まさか。魔工鍛冶師なんて、そんなの世界に何人もいないよ。鍛冶師、錬金術師、魔術師――それぞれ分野の異なる職業を、すべて極めた人だけがなれる職業だしね」

「確かにハードルは高いよな」

成長チートがなかったら難しそうだ。

……そう思うと、魔工鍛冶師を極めたカノンって、実はかなりの努力家だったりするのだろうか？

全然そうは見えないけれど。

「ここでは、魔記者が書く魔法の札を剣の柄に埋め込むことで、独自の能力の剣ができないか実験していたんだ」

「札を剣にか。面白そうだな」

「うん。でも、性能的には微妙だったみたい。効果の持続時間は延びたけれど、札は使い捨てだし、好事家が購入してもなかなか売れなかったみたい」

そうか、まぁ微妙だよな。札は高いみたいだし。

どんな効果があるのかと思って尋ねてみたけれど、本当に微妙だった。

転移札を使ったら、迷宮で剣が折れたときに、自動的に脱出できる剣ができるらしい。ピンチになると同時に脱出できるんだから便利だろうと思ったけれど、転移札を埋めている間はほかの札を使うことができないし、剣を弾き飛ばされたときには転移が発動されないのだから、効果としては薄い。

しかし、それはまだマシだった。

回復札を使えば、切った相手にダメージを与えて回復させるという剣になる。拷問には便利かもしれないが、戦闘には意味がない。

一番しょうもない使用方法は、拡声札を埋めることだった。

拡声札を埋めた剣で打ち合いをすると、剣と剣がぶつかり合う音がとても大きくなって、試合に迫力が出るそうだ。

俺たちは、狂乱化の呪いをかけられた人が収容されている場所に行った。

そこにいたのは、どこにでもいるおじさんだった。

職業は大工らしく、入口にひとり、中にもひとり見張りがいた。

ここまで厳重だと、保護というより収監されているみたいだな。

「あなたたちは？　また取り調べでしょうか？」

「いえ、僕たちはあなたを助けにきました。こちらの方は解呪魔法を使える法術師です。あなたにかかっている狂乱化の呪いを解呪します」

「本当ですかっ⁉　ありがとうございます」

「待ってください、まだ解呪できるかわかりませんから」

縋《すが》りついてくるおじさんに、俺はそう言った。

ディスペルは覚えたけれど、本当に効果があるのか試していない。

「お願いします。こんな場所に閉じ込められて、ずっと『最近怪しい人と会わなかったか？』『知り合いの名前を全部言え』と言われて、挙句の果てに、『お前の妻は反女神主義者じゃないか？』ですよ。もう、頭がおかしくなりそうです」

そんなことを言われていたのか。

拷問はされていないみたいだけれど、犯罪者扱いだな。

家族が疑われたら、そりゃ怒る。

俺は同情した。

「信じられません。私が『年齢＝彼女いない歴』だって、調べたらわかるはずなのに。妻なんているわけないじゃないですか」

本当に同情した。

俺は男を見て、魔法を唱える。

「ディスペル」

淡い光が男を包む。

しかし、それ以外は変化は見られない。

「これでいい（はず）です」

俺がそう言うと、見張りをしていた男が青い液体を持ってきて、男の手の甲に一滴垂らした。

「あの薬は、呪われている人にかけると、赤く変化するんだ」

「ヨウ素液でデンプンを調べるみたいなものか？」

「わかりやすくいえばそうだね」

呪いの有無を調べるために、この薬が使われるそうだ。

なるほど。どうやって三人も見つけたのかと思ったけれど、この方法なら簡単に調べることができるな。

呪いの有無が確認できてから、魔法捜査研究所員が血液鑑定を行ったらしい。血液鑑定は、毛髪鑑定以上に、多くの情報が一度に手に入るのだそうだ。

鈴木が説明している間も、男の手の甲の液体の色は変化しなかった。

「呪いの解呪が確認されました。どうぞお帰りください」

「お……おぉぉぉぉ」

男は感激し、自分の手を触る。

「ありがとうございます。あなたは命の恩人です。本当に、本当にありがとうございます」

「いえ、お気になさらずに」

泣いてこうべを垂れる男の礼を受けつつ、俺は男が部屋を出ていくのを見送った。

別の部屋でも同じように解呪を行い、感謝される。

そして、部屋を出たところで、派手な服を着た小太りの男が声をかけてきた。

「ご苦労であった、スズキ卿、イチノジョウ殿。これで、無実の者を無事に家に帰すことができますよ。ぐひひひ」

無事にねぇ……解放されたふたりはさんざん犯罪者扱いをされていて、心労が溜まっているように見えた。

豪快に笑う男に対して、俺は不快な顔を浮かべる。

まるでガマガエルみたいな笑い方だ。

「お褒めに与《あずか》り、ありがとうございます（この人は国王直属の査察官。いろいろな不正を取り締まる、警察組織でいうところの警視総監みたいな人だから、逆らわないようにね）」

鈴木に小声で言われて、俺も頭を下げた。

こっそり職業を調べたら、平民だった。

ただし、レベルが普通と違う。

レベル９９だった。

この世界に来てから、職業が平民の人はいっぱい見たけれど、その人たちは最高でもレベル１０台くらい。レベル９９まで上げた人を見たことがない。

いったい、なぜ？

「もう、帰っていただいて結構ですよ」

査察官が言った。

「私たちは、まだ二名の治療しか終わっていませんが」

俺が尋ねた。

「もうひとりは、治療する必要はない」

「なぜでしょう？」

「そうだな、その部屋に入ればわかるだろう。あんな細い体、見ていて面白いものじゃないから、私はここで待たせてもらいますがね。ぶひひひひ」

査察官はそう言って俺たちを部屋に案内したので、ふたりだけで中に入る。

小さな部屋だった。

どうやら倉庫として使われていたらしく、この工房で作られていたという、札を埋めるタイプの剣が置かれている。

その部屋には小窓があり、そこから隣の部屋が見える。

普通の部屋と違って、室内の壁に鉄板が貼り付けられている。

中には、取り調べと見張りをしている男がいた。

【騎士：ＬＶ３５】

かなり強い。そして、準貴族か。

そして、呪いを受けているであろう相手を見て、俺は絶句した。

「な……っ！」

二十歳くらいの女性がいた。

頭に黒い角があり、背中には蝙蝠のような黒い翼がある。

椅子に座っているのだが、俺は思わず目を背けた。

おそらく、鞭によるものだろう。

服は血で赤黒く滲み、肌の露出しているところは傷だらけだ。もともとは綺麗だったであろう髪もボロボロになり、血糊が付いている。

そして、足の腱が切られていた。

「ひどい……いったいなんで」

「楠君……彼女は悪魔族だ」

悪魔族？

それって、かつて魔王と一緒に戦った種族だよな？

「この国は激戦地だったからね。魔族という種族への憎しみが残っているんだよ。しかも悪魔族は、女神教会の教義においても、罪を犯した魂を持つ者の生まれ変わりだといわれている。悪魔族が虐待されても、訴える人はいないだろうな」

「魔族への憎しみ……ハルは大丈夫だろうか？」

目の前の悪魔族から目を逸らすと、俺は急にハルが心配になった。

彼女は現在キャロと一緒に、剣の手入れをするための道具を買いに、この町の武器屋に行っているはずだ。

「白狼族は、勇者派と魔王派に分かれて戦ったからね。悪魔族みたいな処遇を受けることはないと思うよ。町の中でも、変な目では見られなかったでしょ？」

前みたいに、隷属の首輪を着けたままだったら危なかったかもしれないけどね、と鈴木は言った。

危なかった……か。

一歩間違えれば――いや、勇者がハルを南大陸から連れ出さなければ、あそこに座っていたのはハルだったかもしれないのか。

「「俺（僕）たちで、なんとかできないかな」」

俺と鈴木は同時に言葉にした。

言ってしまった結果、決意を新たにして彼女を救うために動く――なんてことはできない。

「大切なものを得れば得るほど、自由に動けなくなる。ここは、ゲームのようなファンタジー世界だけど、でも優しい世界じゃない。いつもハッピーエンドとは限らない」

鈴木が、歯ぎしりをするように言った。

俺も同じ気持ちだ。

手の平が痛い。気付けば、拳を強く握りすぎていたため、爪が手の平に食い込んでいた。

血は出ていないが、赤く腫れた手の平を見る。

痛い……か。

血まみれになった彼女の痛みはどんなものか。想像するだけでもつらい。

俺は、これ以上その場にいるのが耐えられなくなり、逃げるように部屋を出た。

鈴木も俺と一緒に部屋を出る。

「なんで、こんなことになっているんだろう」

「悪魔族は、十二年前の戦争が終わってから、頭の角と背中の翼を魔法で隠し、周囲に溶け込むように生きていた。でも、今回の騒ぎ——呪いにかかっていることがわかり、血液鑑定を行った結果、彼女が悪魔族であることが、明るみになったんだと思う」

鈴木が言った。

つまり、俺のせいで？

「スズキ卿のおっしゃる通りです。お陰で悪魔族を十名以上、見つけることができましたよ。狂乱化の呪いにかかっている人を探すという大義名分があったお陰で、大人数の血液鑑定を行うことができましたからね。ぶひひひひ」

「狂乱化の呪いにかかっていなかった悪魔族は、どうなったのでしょう」

「勿論、教会送りですよ。彼女たちは犯罪者ですからね」

「——っ」

俺は思わず反論しそうになったが、鈴木が俺の手を握る。

査察官に逆らってはいけない。

そう言っているかのようだ。

悔しかった。

鈴木も俺と同じように悔しいはずなのに、俺を気にかけてくれることが、かえって悔しかった。

「査察官殿。彼女はどうしてほかの悪魔族のように、教会に送られないのでしょうか？」

鈴木が尋ねた。

「簡単なことです。彼女は、犯人を見つけるための道具なのですよ」

「やっぱりそういうことですか」

鈴木がひとりで納得した。

「彼女が犯人と繋がりがあるんですか？　悪魔族だから？」

俺は、種族差別もはなはだしいと思った。

確かに今回の件は、悪魔族が関わっている可能性が高いと思う。

でも、だからといって、平和に暮らしていた彼女を拷問してもいいものなのか？

俺の質問を聞いて、査察官が笑った。

なにがおかしいのかわからない。

「そうじゃないよ、楠君。査察官殿は彼女を使って、狂乱化の呪いが発動するための文言《ワード》を探っているんだ。文言《ワード》となる言葉は、なんでもいいというわけじゃない。文言《ワード》がわかれば、犯人やその目的がわかるかもしれない。査察官殿は、そうおっしゃっているんだよ。まぁ、文言《ワード》になる言葉は少なく見積もっても一万種類はあるから、そう簡単に見つかるとは思えないけれど」

「——待てよ、鈴木。文言《ワード》がわかったらって、それってあの子が狂戦士になるってことだろ！　危険じゃないかっ！」

「そのために、足の腱を切っていたんだろう。狂戦士になっても、足が動かなければ対処がしやすい」

「対処って……」

「すぐに殺されることはないと思うよ。この国は法治国家だ。裁判もせずに裁くことはない」

俺の最悪の想像を、鈴木は否定する。

あんなことをしておいて、法治国家ってことはないだろ。

裁くことはないって、あれだけのことをされたのを見て、そんなことを言うのかよ。

「うむ、その通りだ。スズキ卿は、よく勉強なさっておられるようだ。ぶひひひひ。しかし残念です。彼女がもう少し私の好みの女性であれば、いろいろな楽しみがあったのでしょうがね。体の細い女性は好きではないのですよ」

楽しみがあったって、なにをしていたっていうんだ。

あんた、それでも不正を取り締まる査察官かよ。

チクショウ。

そう叫びそうになった、そのときだった。

――ドンッ。


鈍い音とともに、隣の部屋の金属製の扉が変形した。

なにかがあった――それはわかる。

そして、隣の部屋にあったふたつの気配のうち、ひとつが極端に小さくなっている。

悪魔族が死にかけているのか？

でも、それなら扉の変形の原因が――まさかっ⁉

俺は変形した扉のノブを握ろうとしたが、

「楠君、その扉はダメだっ！　こっちだっ！　査察官殿は、安全な場所に避難してください」

鈴木が、俺たちがさっきまでいた部屋に誘導する。

そこの窓から俺が見たのは、暴れ狂う悪魔族の少女と、死に瀕した騎士の男だった。

扉は、騎士の男が激突した衝撃で変形していたらしい。

いくら上級犯罪職でも、高レベルの騎士相手にそんなことができるのか。

なんで狂戦士のスキルが使えるんだ？

【邪狂戦士：ＬＶ１】

……っ⁉

悪魔族の少女の職業が、邪狂戦士になっている？

狂戦士じゃない？

「狂乱化の呪いが発動しているのかっ⁉」

鈴木は、彼女の職業が狂戦士ではないことに気付いていないのか。

俺がそう思ったとき、混乱状態の彼女は騎士が持っていた剣を奪うように取ると、扉を蹴破って外に出た。

俺は部屋にあった剣を抜き、

「斬鉄っ！」

スキルを使って鉄の壁を剣で切り裂き、蹴飛ばして別の入口を作った。

そして、取り調べ官の男を抱え上げて回復魔法を使おうと試みる。

「……世界の……きゅう」

「メガヒールっ！　なにを言っているんだ。大丈夫かっ！　メガヒールっ！」

二度目のメガヒールは発動しない。俺は、同じ魔法を連続して使うことができない。

そして、仮に発動したとしても意味はない。

「楠君、彼の容態は――」

「こういうとき、小説じゃ、体温が急激に失われていくとか表現するのかもしれないけどな。全然そんなことないよ。まだ温かいよ、チクショウ」

急激に失われたのは、体温ではない。

失われていくのは気配だ。

気配が急激に失われ、感じ取れなくなる。

「…………っ！　鈴木、この人が死んだってことは」

鈴木も気付いたらしい。

はっとした顔になり、部屋の外に出る。

レベル１で高レベルの騎士を倒した――いや、殺したんだ。

彼が絶命した時点で彼女は部屋を出ていて、俺と距離を取っていた。つまり、戦闘は終了した。

レベルが上がっている。

「鈴木、彼女の職業は狂戦士じゃない！　邪狂戦士だっ！　心当たりはあるか？」

「邪狂戦士――聞いたことはないよ。種族別の職業かもしれない」

種族別の職業。

ダークエルフとエルフだけが転職できる、エルフ弓士みたいなものか。

キャロも平民のレベルが上がったことがきっかけで、誘惑士に突然転職した。

悪魔族が狂戦士になることが、邪狂戦士になるためのきっかけだったとしても、不思議ではない。

「楠君、覚悟はあるかい？」

「覚悟って？」

「彼女を殺す覚悟だよ。それがないなら、君はここに残ったほうがいい」

狂乱化の呪いが発動した。

つまり、もうディスペルで呪いを解くことはできない。それはわかっている。

「ディスペルで混乱状態を治療することはできないのか？」

「無理だよ。治療はできるけれど、すぐ混乱状態に戻ってしまうんだ」

鈴木が悲しい顔で言う。

俺は持っている剣を見た。

咄嗟に持ってきてしまった、札を埋め込むタイプの剣を。

「覚悟はできている。この剣で彼女を貫く覚悟が」

「……そうか。なら、なにも言わない。手分けして捜そう」

俺と鈴木は頷き合うと、別れて彼女を捜す。

幸い、この施設は人がそれほどいないらしく、人の気配はあまりない。

「ぶひいいいいいいいっ！」

まるで、豚の断末魔のような声が聞こえた。

この声は、査察官かっ！

俺は、声がしたほうに向かった。

なにがあったのかはわからないが、本棚が倒れて、査察官が下敷きになっている。

「査察官殿っ！」

「イ、イチノジョウ殿かっ！　私を助けるのだっ！」

査察官がそう言ったとき、ボロボロだった悪魔族の女の子が俺を見た。

そして、体がぶれたかと思うと、俺に向かって駆けてきた。

速いっ！

「くっ」

俺は少女の剣を受け止める。

剣を受け止められた彼女に、苦悶の表情が浮かぶ。

受け止めたときはそれほど強いと思わなかったが、鍔迫り合いになると、彼女の力の強さが如実にわかる。

【邪狂戦士：ＬＶ１２】

レベルが１２まで上がっている。

しかし、どういうことだ？

なぜ、足の腱が切られているのに動ける？

なぜ、そんな苦しそうな表情をしている？

剣を受け止めただけなのに、なぜそんなにつらそうにしている？

頭の中が、なぜだらけだ。

焦っているのか？　混乱状態だからか？

俺が悩んでいると、少女は滑らせるように剣を引き、薙ぎ払うように俺に攻撃を仕かけた。俺は今度は後ろに飛ぶ。

彼女の表情に変化はない。

避けられても平気そうにしている。

「なにをしているっ!!　早くそいつをやっつけろっ！　殺せっ！」

外野がうるさい。

可能ならば、彼女を拘束したい。

一時間拘束すれば、混乱状態は解除される。そのためにも、彼女の力の秘密を探りたい。

俺はある決断を下す。

再度切りかかってきた彼女の剣を受け止めた。

——いまだっ！

俺はスキル——思考トレースを発動させる。


……感情の激流に呑み込まれてしまいそうになる。これが混乱状態か。

混乱状態だけではない。全身の痛み——鞭の傷によるものだろう。

なるほど、俺は混乱耐性が低い。こんな状態になったら、一時間も経たないうちに、廃人になっちまう。

だが、もう少し、ほんの一分持ってくれ、俺の精神《こころ》っ！

そのとき、体の痛みがさらに増し、激痛へと変貌する。

それと同時に、彼女の剣に加わる力が増した。

そうか。お前のスキルの秘密、理解した。

俺は思考トレースを解除し、後ろに飛んで汗を拭う。

こいつのスキルの秘密——体の傷を広げることで、その部分の力を増すことができる。

その代価として、傷の痛みが増し、さらにＨＰが失われる。

彼女がこのまま戦い続けたら、仮に俺が攻撃を加えなくても、彼女は死ぬだろう。

——覚悟……か。

コショマーレ様——あなたは俺に言ったよな。

異世界生活をエンジョイしろって。特に使命は与えないって。

メティアス様——あんたは俺を選んだんだよな。

この世界に召喚されることを。

それが、世界の終焉を先延ばしにするための、独楽の紐になるから。

俺は剣に魔法を纏わせる。

「俺が間違っていたときには、責任を取ってくださいね」

俺はそう言って、先ほどのように切りかかってくる彼女の剣を、彼女が力を込める前に払い除け、そして切り裂いた。

俺の剣は、彼女の左脇のあたりから心臓までを切り裂き、そこで止まった。

目を見開いた彼女から体の力が抜け、剣が刺さったまま倒れた。

「ふぅ」

「落ち着いておらんで、早くこの棚をどかすのだ」

査察官にせっつかれた俺は剣を手放し、倒れた本棚を起こす。

本棚から本がバラバラと抜け落ちて、査察官の上に降り注いだ。

「痛い痛い。もっと丁寧に起こさぬか」

査察官は文句を言いながら立ち上がり、

「うむ、准男爵にしてはよくやった。陛下に報告しておこう。ありがたく思え」

と言った。

「……はい」

別に報告されても嬉しいとは思わないが、俺は頷いた。

「まったく、見張りにつけていた騎士はどうしたのだ」

査察官は、騎士が死んだことを知らなかったらしい。

恨みがましく、「陛下に報告して断罪してもらわなければ」と言い出した。

「彼は死にました」

「そうか、死んだのか。それで、なにか聞いたのか？」

「なにか……とは？」

「文言《ワード》だ。聞かなかったのか？」

……騎士を悼む言葉はないのか。

まぁ、俺も期待していなかったけれど。

「世界のきゅう……と。それ以降は聞き取れませんでした」

「世界のきゅう……？」

すると、査察官はなにやら考え、

「すぐに報告することができた。私はここを出る」

部屋を出ようとした。

「あの、私への褒美ですが……」

「なんだ。褒美ならあとでと」

「彼女を埋葬する許可をいただけたら、それ以上の望みはありません」

「そうか。それだけでいいのなら、許可しよう」

本当に急いでいるらしく、査察官は重い体を揺らすように走って出ていった。

入れ代わりに鈴木が入ってきた。

鈴木は彼女を見て一瞬息を呑み、そして俺に声をかけた。

「楠君……埋葬、手伝うよ」

「そうか、助かる」

俺はそう言うと、眷属召喚スキルを使って、ハルとキャロを召喚した。

「ご主人様、お待ちしておりました」

「ほかの皆も、彼女を受け入れることに賛成です」

ハルとキャロが言った。

そうか、ララエルたちも受け入れてくれたか。今回は事後承諾にならずに済んでよかった。

「楠君、どういうこと？」

「なに、彼女を助けるんだ」

俺はそう言って、彼女の体から剣を抜いた。

「メガヒール」

「待って、楠君。彼女の傷は心臓まで達している。即死だ。だから回復魔法は――」

「鈴木、ここは優しい世界じゃないが、ファンタジー世界だ。地球ではバッドエンドな事柄でも、ハッピーエンドに塗り替えられる」

俺はそう言って、彼女の息を確認する。

覚悟を決めて正解だった。

「まだ生きているな。気絶しているだけだ」

「そんな……いったい、どうやって」

「お前が教えてくれたんだろ？　この剣の使い方」

俺は、倉庫から取り出した剣を見て言った。

札を入れることで、剣に力を与える。

「回復札を使ったら、切った相手を回復させられる」

「まさか、回復札を入れて切ったのか……でも、心臓を切ったんだ。即死だった場合、回復できないんじゃ」

「確かに、回復札のトリックだけなら分の悪い賭けだったが、即死にならなければいいんだろ？それなら、俺にはもうひとつのスキル――ピコピコハンマーがあるからな」

ピコピコハンマーのスキルを使って攻撃した場合、どんなに強力な一撃でも、相手を殺さないという特性がある。ついでに、相手を気絶させることもできる。

ピコって可愛い音が鳴らないように、剣に沈黙の部屋《サイレントルーム》を纏わせる必要があったけれど。

「そんな。剣で切り裂いてハンマーって言い張るなんて、君はなんて……ははは、なんて無茶をするんだ」

鈴木は笑い、そして、尋ねた。

「それで、僕はなにをしたらいいんだ？」

「彼女をアイテムバッグに入れて一緒に運び出し、埋葬したことにしてくれたら。そして、ここではなにも見なかったことにしてくれたらいいさ」

マイワールドに入る許可を出すためのシールをハルから預かると、ボロボロになっている彼女の腕に貼った。

俺は、悪魔族の少女を追いかけている最中にハルとキャロに伝令を送り、今回の計画をすべて伝えていた。

ハルは、眷属スキルを使ってマイワールドに移動することができる。

「ハル、キャロ、頼んだ。一時間は目を覚まさないと思うが、いちおう拘束してくれ。これで縛ったら、暴れても解けないはずだ」

俺はそう言って、二本の帯を渡した。

「昨日、ニーテとシーナ三号から剥ぎ取った帯だ」

「え？　ニーテさん？　それにシーナ三号さんは、魔王竜との戦いで壊れて修理中じゃないの？

あと、いまの空間の裂け目はいったい――マイワールドって魔法を唱えていたけれど」

鈴木に余計な情報を与えてしまった。

ニーテはもう旅に出たことになっているし、シーナ三号は鈴木の目の前で自爆したので、修理中だって伝えていた。

彼女たちの情報は、俺の無職スキルにも繋がることになるので、知られてはいけなかった。

「イチノ様、気が緩んでいるのではありませんか？」

「……悪い」

キャロに怒られて、俺は謝った。

本当に、悪魔族の少女を助けることができて、ホッとしていたようだ。

ハルたちは、悪魔族の少女を連れてマイワールドに入った。

「はぁ……」

その場に残った俺は、とりあえず浄化《クリーン》でカーペットを綺麗にした。

別に、あの査察官のためにじゃない。

出血量から、彼女が生きていることがバレるのが嫌だったのだ。

心臓を切りながらも傷を塞いでいたため、出血量は多くない。

あの査察官は気付いていなかっただろうが、専門の調査員が来たら絶対にバレるだろう。

査察官が適当な男でよかった。

「なぁ、鈴木。さっきのことだが」

「うん、約束したよね。僕はなにも見なかったことにして、彼女を一緒に埋葬したってことにしたらいいんでしょ？」

「……助かる」

俺はそう言って、小さく微笑んだ。

殺された騎士は、この施設の職員が丁重に埋葬してくれるらしい。

悪魔族の少女を拷問していたことに思うところはあるが、それでも俺は彼の冥福を祈った。

俺と鈴木は保護施設の外に出た。

そこで、俺は剣を持ってきてしまったことに気付いた。

「この剣、もらっていいかな？」

「泥棒はダメだと思うよ」

「だよな。返しておくか……」

ポリポリと頭を掻き、返しにいこうとしたとき——

「イチノジョー殿ぉぉぉ、イチノジョー殿ぉぉぉっ！」

査察官が帰ってきた。

俺は思わずのどを絞って「げっ」と拒絶の声を出す。

もしかして、悪魔族が生きていることに気付いたのか？

「イチノジョウ殿！　これからどちらへ？」

「あ、いや。この剣を間違えて持ってきてしまったので、返しにいこうかと」

「それは保護施設の剣？　そのようなもの、どうぞどうぞ、お持ち返りください。ぶひひひひっ」

「査察官殿。あなたはこの町の査察官でいらっしゃるのであって、保護施設の備品を自由に扱う権利はないはずですが――」

「スズキ卿は黙っておれ。私がいいと言えばいい。時間がないのだ」

　査察官が鈴木を怒鳴りつける。

　今回は鈴木が言っていることが正しいのだが、査察官に逆らってはいけないと言っていたのは、鈴木自身だ。

　これ以上、逆らってはいけないということは、わかっているのだろう。

「実は、イチノジョウ殿にお願いがあるのです。あなたに倒していただきたい魔物がいるのです」

「倒してほしい魔物？」

「はい。ここより南東にある、王家ゆかりの祠に魔物が巣くっているので、いますぐそれを退治していただきたいのです。勿論、報酬は支払います」

　査察官はそう言って、俺に袋を渡した。

　袋の口から中身が見えた。

　金貨が数十枚入っている。

「……こんなに……あの、冒険者ギルドか傭兵ギルドに依頼をなさったほうが、早いと思うのですが」

「冒険者ギルドに向かったところ、イチノジョウ殿は上級者向けダンジョンのボス、魔象カネーシャをたった三人で倒したとか。そして、傭兵ギルドに問い合わせたところ、魔王竜を二頭も屠《ほふ》ったという報告も受けております。ぶひひひひ」

その笑い方をやめてほしい。背筋に悪寒が走る。

それに、魔王竜の二頭のうち、一頭を倒したのは鈴木たちとシーナ三号だ。

「私が倒した魔王竜は一頭だけです」

「一頭も二頭も同じでしょう」

全然違うと思う。

鈴木が「すっかり有名人だね」と言いたげに、こっちを見てきた。

残り一頭にダメージを与えたのはお前もだろ。一緒に有名人になりやがれ。

「査察官殿、魔王竜とは私だけでなく、スズキ卿も一緒に戦いました。彼の実力があってこその勝利です」

鈴木が横から、余計なことを言わないで、という目で俺を見てきた。

こんな面倒な仕事、ひとりで受けてたまるか。

そういう思いだったのに、

「いいえ。この仕事は、イチノジョウ殿ひとりで十分でしょう。馬車を用意しています。どうぞこちらへ。ぶひひひ」

……マジか。

本当に、俺ひとりに仕事をさせるつもりなのか？

「それとも、まさかイチノジョウ殿。お金を受け取っておいて、仕事をしないというわけではありませんよね」

「え？　このお金は……」

あんたが勝手に渡してきたんだろう。

そう言いたいが、もうダメのようだ。

まぁ、悪魔族の少女から査察官の意識を逸らす意味でも、祠の魔物退治を引き受けよう。

「……わかりました。仲間を呼んできますから、しばらくお待ちください。鈴木、この剣を頼む」

あとで問題になるのは嫌なので、返しておいてもらうことにした。

「私はいますぐと言ったはずですよ。馬車は用意しています。私もついていきますから、道に迷うことはございません」

マジか……いくらレベル９９とはいえ、絶対戦ってくれないし。俺の実力がバレたら余計な仕事が増えそうだから、来てほしくないんだけど。

まだ、ジョフレとエリーズのほうがマシだ。

……そういえば、ジョフレとエリーズ、まだ見つかっていないんだったっけ？

んー。まぁ、たぶん大丈夫だろう。

あいつらが死ぬところは想像できない。

「……査察官殿が自ら出向く必要はないと思います。高貴なあなたには、魔物退治の現場は不似合いでしょう」

とりあえず、おだててひとりで行けないか試してみよう。

「ぶひひひひ。イチノジョウ殿のおっしゃる通りですね。では、護衛をおつけしますから」

「いえ、ひとりで大丈夫ですよ？」

「魔物を退治した現場を確認する必要がありますから。二度手間でしょう」

俺が、退治したって報告したら大丈夫だと思うんだけど、全然信用されていないんだな。

まぁ、俺もこの査察官のことは、あまり信用できないんだけど。

俺たちの前に馬車が停まった。

護衛をするのは、いちおう衛兵たちか。

俺は馬車に乗った。

どうやら貴族が乗る馬車らしく、乗り心地はかなりいい。

「それでは出発します」

御者がそう言うと、馬車が出発した。

俺が走るより遙かに速度の遅い馬車は、門をほぼフリーパスで通り抜け、南東へと向かった。

はぁ……暇だ。

とりあえず、パパっと終わらせるために、職業を魔法系に変えておくか。

「ん？」

いま、気配がひとつ増えた気がする。

窓から外を見ようとするけれど、上手く見えない。

ならばと、鷹の目を発動させて、上空から地上を見下ろす。

護衛と馬の数を数える。

やはり、ひとり増えている。

衛兵とは違うローブを着ている者が乗っている馬が一頭。

しかし、衛兵たちと並走していて戦う様子がないということは、敵ではないのだろうか？

俺は増えた気配を気にしながらも、馬車が目的地に着くのを待ち続けた。

馬車は街道から逸れて荒地に入ったらしく、座り心地がいい馬車でも尻が痛くなってきた。

再度鷹の目で上空から見ると、進行方向に大きな白い建物が見えた。

あれだろうか？

ようやく目的地かな――と思ったら、そこを通り過ぎた。

え？　と思っていたら、さらに南東に、蔦が生えている汚い小さな建物が見えてきた。

コンビニくらいの大きさだ。

まさか、この建物が？

「イチノジョウ様、到着しました」

まさかだった。

俺は、アクラピオスの杖を持つと馬車から降りて、祠の前に立つ。

中は暗くて見えない。

「本当に、この中に魔物がいるのですか？　敵の気配が、まるでないんですけど」

魔物の気配がまるでない。

「はい。この中で間違いないと、伺っています」

「少し前に綺麗な建物の横を通り過ぎましたけれど、そっちじゃないんですか？」

「いいえ、ここです」

衛兵はここだと言い張る。

妙だ。

思考トレースを発動させる。

嘘をついているのではない。しかし、動揺はある。

この衛兵、なにも知らないのではないだろうか？

ただ、査察官に命じられるがままに、俺をここに案内したのでは。

「……何度も言いますが、この中に敵はいません。私は戦闘能力はありますが、罠の解除はできません。魔物がいない古い祠なら、罠がある危険性があります。どうしてもというのならば、あなたたちが先に入ってください」

俺がそう言ったときだった。

あとから合流した、ローブを着た人が俺に切りかかってきた。

意表を突かれた俺は、横に躱すこともできずに、後ろに跳ぶ。

その拍子に、ローブの人と一緒に、建物の中に入ってしまった。

「なにをするんだ」

俺がそう言ったとき、祠の入口が閉じた。

と同時に、足元が淡く赤い光を放つ。

「……やっぱり魔物はいないな。ここから出してくれないか？」

俺はそう言って、杖を構えた。

勿論、素直に出してくれるなんて思っていない。

思考トレースを使った結果、相手は戦いに興奮していることがわかる。

「戦いたくて、うずうずしているようだが、あんたの目的はなんだ？　俺は普通に平和に暮らして、ウナギを食べたり就職したり好きな女の子とイチャイチャしたり、たまに妹のゲテモノ料理を食べさせられそうになって、ヒィヒィしたりしたいだけなんだけど……」

そう言ったとき、相手は動いた。

問答無用ってわけか――ならこっちも――

「手加減しないぞ――ファイヤ」

杖からファイヤを放とうとするが――魔法が発動しない!?

俺は杖で剣を受け止めようとした。

「なっ！」

しかし、杖が真っ二つになった。

いままでずっと世話になってきた、アクレピオスの杖が。

「なにしやがるんだ、チクショウ」

俺は投擲スキルで杖を放り投げようとした……が、普通に杖を投げた程度にしか飛ばない。

魔法だけでなく、スキルも発動しないのか。

「気付いたようだな。この場所では、自分以外を対象にしたスキル及び魔法は、すべて封印される」

ローブの人が言った。

その声には聞き覚えがあった。

いや、うすうす気付いてはいた。

さっき、思考トレースを行ったときの感情が、以前感じたものとまったく同じだったから。

「なんのつもりか聞いていいか、タルウィ」

俺が言うと、タルウィがローブを脱いだ。

つい先日、一緒に魔王竜と戦ったタルウィが、なぜここにいるのか。

そして、なぜ俺に切りかかってくるのか。

「なんのつもりか……か。ここに戦いがあるからだ」

タルウィが突きを放つ。以前、キャンシーと戦ったときよりも鋭い突きを俺は横に躱したが、突如剣の軌道が変わり、俺の横腹に当たる。

「ぐはっ……」

「……切れない。変わった服を着ているようだな」

ヤバかった。ララエルが作った服がなければ、完全に切られていた。

なんてパワーだ。

いくらタルウィの獣戦士としてのレベルが高いからって、この速度は……まさか。

「獣の血を使っているのか」

獣の血——十分間、力と速度を劇的に上昇させる、獣戦士のスキルだ。

外に放たれるスキルは、おそらく足元の光のせいで霧散するが、体内の血の循環に関しては無効化されないのか。

こんなの不利でしかない。とっとと、ここから出るとするか。

「拠点帰還《ホームリターン》！　……は発動しないか」

自分を対象にしていても、転移系の魔法は無理……と。

マイワールドは……試すのもダメだな。マイワールドの存在をバラすわけにはいかない。

俺はアイテムバッグからラッキーハンマーを取り出し、扉に向かって振り抜いた。

一瞬ＭＰを込めることで、通常プラス百キロ重くなるハンマーだ。

これで壊れない扉は——

ぐわぁぁぁんという音が室内に響くが、扉は無傷だった。

「なんて頑丈な扉なんだ」

俺はそう言って、ハンマーをアイテムバッグにしまう。

速度が勝るタルウィ相手に、ハンマーで戦うことはできない。

「これでわかっただろ。ここからは出られない」

「あぁ、そうだな。出られそうにない」

俺はそう言って汗を拭う。

やれやれ、面倒なことになった。

「タルウィ。いいのか？　あんたも閉じ込められているぞ。俺を倒したところで飢え死にだぜ？」

「心配する必要はない。すべてが終わればここから出られる。私はな」

そうか――やっぱりタルウィは外に出られるのか。

俺は、アイテムバッグから二枚の札を取り出すと、そのうちの一枚の札を破った。

「（それは……消音札か……なんのつもりだ？）」

十分の一の声量になっても、雑音のない部屋だ。タルウィの声は俺のところまで届く。

札はスキルではない。問題なく使えるようだな。

「（なぁに、扉を開けてもらおうと思ってな）」

俺はそう言うと、拡声札を使った。

十分の一の音量しか出ない空間で十倍の音。

これを使えば、普通の声を出すことができる。

そして、スキルを発動させる。

「タルウィだ！　イチノジョウは倒した！　いますぐ扉を開けろ！」

俺はタルウィの声で言った。

コピーキャットスキル、声真似。

自分の声を変えている。声は喉から発せられるため、獣の血と同じく使用可能なスキルだった。

……って、あれ？

声を完全にコピーしたはずなのに、扉が開く気配がない。

「（ははは、面白いスキルだ。そうか、私の声は他人には、そのように聞こえているのか）」

「早く扉を開けろ！　聞こえているのか！」

「（無駄だ。外にいる連中は私たちがここに入った時点で、すでに引き上げている）」

裏ワザは通用しないか。

ならば――

「お前を倒せば、ここから出る方法を教えてくれるのか？」

「（あぁ、いいだろう。ついでに、私がなぜこのようなことをするのかも教える）」

「よし――じゃあ、早速邪道」

俺はアイテムバッグの中から、ミリの大好物であるくさやを作るためのくさや汁を取り出して、あたりにぶちまけた。

「（なんだ、この臭いはっ！）」

「どうだ、鼻のいい白狼族にとっては、さぞつらいだろう」

「（卑怯な――だが、面白い）」

タルウィはさらにもう一本、剣を抜いた。

二刀流か。

「（戦いは生きるか死ぬか。卑怯や邪道こそが、戦いの本質だ）」

タルウィの二本の剣が、双頭の蛇のように俺に襲いかかる。

タルウィの剣がぶれて見えた。顔を守っていたせいで、それ以外が無防備だ。服越しにダメージが伝わる。

なんだ、これは――

俺は距離を取る。

スキルは使えないはずじゃないのか。

「スラッシュっ！」

剣戟を放とうとするが……やっぱり発動しない。

ならば――一度白狼牙を鞘に納め、居合抜き！　と白狼牙を抜くも、普通に抜いただけでスキルは発動しない。

俺が試行錯誤しているうちに、タルウィが距離を詰めて攻撃を仕かけてきた。

やはり剣がぶれて見える。

俺は防戦一方だ。

攻撃に使えるスキルがあるのか？

「消音札の効果が切れたようだな。私も早く終わらせるとしよう。獣の血の効果も残り僅かだ」

「そうしてもらえると助かる。引き分けってことで、ここはひとつ――」

「そうはいかない」

タルウィの剣が俺に襲いかかり、生傷が増えていく。

まずい、このままじゃ本当に負ける。

魔法が使えないのが誤算だった。魔法が使えたら絶対に負けないのに。

いままで、魔法やスキルに頼りすぎていた。

もっと、魔法やスキルに頼らない戦い方をするべきだった。

（ん？　あぁ、そういうことか）

俺は、タルウィの剣の動きをよく見てみた。

蛇のような剣の動きに惑わされそうになったが、全部錯覚だ。

「鉛筆を揺らせば曲がって見えるってか」

スキルが使えない空間でスキルを使っていると思って焦ったが、違った。

「簡単な理屈だった。タルウィ、お前の攻撃はスキルじゃない。技術のみで成し得た剣技ってわけか」

俺がそう言っても、タルウィは答えない。

「沈黙は肯定とみなすぞ」

「答えがわかったところで、魔術師のお前に負けるわけはない」

「じゃあ、俺も奥の手を使わせてもらうとするよ」

俺はそう言って、ニヤっと笑った。

「いや、奥の手じゃない。手前の扉かな？」

俺はそう言うと、再度アイテムバッグからラッキーハンマーを取り出し、力尽くで扉を殴りつけた。

凄い音がするが、やはり扉が変形することはない。

まったく、どんな材質でできているのやら。

しかし——

「なっ⁉」

タルウィが扉を——いや、扉の向こうにある気配を見る。

どうやら気付いたようだ。

扉が音を立ててゆっくりと開いた。

俺は振り返る必要もない。

振り返らなくても、誰が来たのかわかる。

「お待たせしました、ご主人様」

「いや。ちょうどいい時間だよ、ハル」

最初から、これは罠の可能性があると気付いていた。

あんな査察官のことを、信用できるわけがない。

だから伝令を送り、ハルに伝えてあった。

万が一のときのために、離れた場所から俺を尾行するように。

獣人の存在もあるから、距離を取ってくるように。

そして、俺が祠に閉じ込められたときには、二度目のハンマーの音がしたら、外から扉を開けてくれって頼んだ。

「本当は、自力で脱出したかったんだけどな」

俺がそう言ったとき、タルウィがいままでよりも遥かに速い速度で動いた。

獣の血に似たスキルを使ったのか、それともいままで手加減していたのか、はたまたその両方かはわからない。

だが――

「遅いよ」

俺は、タルウィの攻撃を剣で受け止める。

「なっ……」

「悪い。本気を出していなかったのは、こっちもだ。ハルが来るまで、あんたを逃がさないために、時間稼ぎとして接戦を演じさせてもらった」

油断して、一撃喰らってしまったのは俺にとって大きなミスだったが、それでも顔さえ守ることができたら、大したダメージはないことがわかった。

「接戦を演じただと。そのような素振りは一度も――」

彼女が言ったそのとき、俺は本気の速度で動き、彼女の腹を切る。峰打ちだ。

しかし、そのダメージはかなり大きいはず。

「かはっ」

あぁ、接戦を演じる素振りは必要ない。

ただ、魔法特化の職業から変更しなかっただけだから。

「獣の血の効果はもう切れるだろ。観念して捕まれ。お前とは、一緒に魔王竜と戦った仲だ。事情があるのなら聞くし、場合によっては助けもするぞ」

「……ふっ、甘いな。その甘さは私は嫌いだが、その強さは好きだ。まったく、恐れ入った。なにが後衛職だ」

タルウィは、立っているのがやっとという状況にもかかわらず、笑みを浮かべながら口元を擦る。唇の端を切ったらしく、血が彼女の頬に、一本の線として広がった。

「この臭い液体も、外にハルワタートがやってきたことを気付かせないためだったか。しばらく鼻が使い物にならないからな」

「いや。そのくさや汁は、ただの嫌がらせだ」

そもそも、外にいるハルの匂いを感じ取られるとは思っていなかった。

「ご主人様、とても臭いです」

ガーン。

ハル、その言い方はやめてくれ、俺が臭いみたいだ。

「ごめん、ハル。外で待っていてくれていいから。外に出たら、浄化《クリーン》で臭いを落とすからな」

「まったく、いくら戦いが終わったとはいえ、緊張感がないのではないか」

彼女はそう言って、落ちていた剣を拾った。

俺とハルは警戒したが、彼女はそのまま剣を鞘に収める。

「約束だ。私の目的を話せばいいんだったな」

そうだ。

そのために随分と回り道をしたものだ。

「私の目的は、世界の破滅と、そして世界の救済だ」

「世界の破滅と救済だって？」

世界の終焉と関係があるのか？

それとも、まったく別のことなのか？

情報が少なすぎる。

「間もなく、マレイグルリは破滅に導かれる」

「意味がわからない。もっと詳しく教えろ」

俺がそう言ったとき、彼女は懐から一枚の札を取り出した。

その札の正体を見抜いた俺は剣を抜いたが、スキルが封じられたこの場所では間に合うはずもなく、

「待てっ！」

俺の声もむなしく、彼女は札を破った。

突如、彼女の姿は消え失せる。

「ご主人様、いまのは」

「転移札……だと思う」

でも、転移札はダンジョンの中で作る必要があり、そして作ったダンジョンの中でしか使えないはずだ。

「ここはダンジョンの一部なのか？」

ほかに入口らしい入口はなかったはずなのに、タルウィはどこにも現れなかった。

「ハル、急いでマレイグルリに戻るぞ。嫌な予感がする」

俺が言った——そのときだった。

『ハルさん、ハルさん、聞こえますか？』

キャロの声が、ハルの胸元から聞こえてきた。

ハルが、自分の胸に挟んでいた通話札を取る。

なんでそんなところに挟んでいるの？　あぁ、はい。邪魔にならなくて声が聞こえる場所だからですね、うん。

「どうしたんだ、キャロ！」

『イチノ様、ご無事でしたか。それより、大変なのです！　ツァオバール軍一万二千の兵が、マレイグルリに侵攻を開始したという連絡がありました』

なんだって⁉

キャロが嘘を言うとは思えない。

マレイグルリに導かれる破滅って、もしかしてこのことなのか？

いったい、なにが目的なんだ、タルウィ。

査察官に、俺が生きていることを知られてはいけないような気がする。可能ならば、門から入りたくはない。幸い、マイワールドの出口を最後に作ったのは、鈴木の家で俺たちが借りている部屋だ。

俺とハルは拠点帰還《ホームリターン》を使い、一度マイワールドに戻ってから、部屋に出た。

部屋にはキャロが待っていた。

「イチノ様、お疲れ様です。災難でしたね」

「あぁ、本当に疲れた。あ、ハル。ここは和室だから靴を脱いでくれ」

畳の上で靴を履いているのは落ち着かないので俺はすぐに靴を脱いだのだが、ハルは靴を履いたままだった。

「いや、慣れないことはするもんじゃないな。情報収集はキャロに任せればいいって思ったよ。タルウィには結局逃げられたし、査察官の目的はわからないままだけど、絶対目を付けられたよな、これ」

「キャロに集められる情報は、キャロが集めます。でも、役割分担は大切ですが、丸投げしないでくださいね。イチノ様にはイチノ様にしか得られない情報があるはずですから」

キャロは優しくも厳しいな。

確かに、テト様から聞いたメティアス様関係の話は、キャロに調べてもらうわけにはいかない。

無職スキルとは違って、信用できる人になら話してもいいという許可ももらっていないし、情報と呼ぶには突拍子がなさすぎる。

　世界は滅びに瀕していて、それを回避するために異世界人を召喚している。それでも終焉は先延ばしになっているだけで、結局回避できたわけではない……と。

「それで、キャロ。一万二千の軍が迫ってきているっていうのは本当なのか？」

「はい。詳しくは、情報提供者の話を聞いてください。キャロは信じられる情報だと思います」

キャロは「この家に来ていますので」と言って、俺を案内する。

鈴木はまだ帰っていないらしい。

あいつにも心配をかけているだろうな。

「お待たせしました」

キャロがそう言って扉を開ける。

ってあれ？　ここは台所じゃないか？

俺は訝しく思いながら中に入るが、誰もいない。

「イチノ様、この方です」

え？　この方？

あぁ、大人だと思ったら子供だったというパターンか。

それとも小人族《ミニヒュム》なのか？

と視線を落とすも、誰もいない。

「イチノ様、もっと下です」

え？　もっと下？

俺が視線をずーっと落とすと、そこにいたのは一匹のトラ柄の猫だった。

上から見ても、屈んで視線を落としても、猫は猫だ。

「もしかして、ケット・シーか？」

「いえ、イチノ様。これは、この家で飼っている猫です」

「この家で飼っている猫が……もしかして、キャロ。ついに猫からも情報が得られるようになったのか？　悪いが、俺は鳥の声はわかっても、猫の声はわからないんだ。できれば通訳してもらえると助かる」

『いや、通訳の必要はないぜ』

突然、猫が喋り出した。

なんだ、これは。

『久しぶりだな』

「喋る猫に知り合いはいないはずですが」

『おいおい、つれないな。俺の漫画を三冊も買ってくれただろ』

ん？　漫画を三冊？

この世界で本屋に行ったことは、一度しかない。

あのときの本屋の爺さんは死んだし、買ったのは漫画じゃない。

いや、待て——もしかして——

「お前。もしかして、猫漫画使いかっ！」

『違う！　俺の名前は――』

「ニャンテンダー先生だろ？」

『それはペンネームだ！　俺の名前は――』

「それより、なんなんだ？　お前。猫の呪いで、とうとう猫になっちまったのか？」

猫漫画使いは、勝手に自分の職業を猫使いに変えられたせいで、ケット・シーを恨んでいた。

ケット・シーに復讐しようとして、逆に呪いを受けたのか？

『いや、これは猫使いスキル、猫鈴通信だ。猫使いスキルに通信鈴作成というものがあってな。この鈴を猫に着けることで、猫を介して好きに通信できる。あんたの顔も、猫の目を通じて見えているぜ』

なにっ⁉

猫鈴通信はテレビ電話なのか⁉

伝令、眷属伝令、通話札。

最近、遠く離れた人と話すためのスキルや道具をいろいろと手に入れてきたが、一番使い勝手がいいんじゃないか？

『猫使いの呪いを受けた者は、このスキルを使って、世界中に独自の情報網を持っているんだ』

「女湯を覗いたりしているのか？」

『ちなみに、この鈴は明日から行われる即売会で、勇者先生に本を買いつけてもらうために渡しておいた』

俺の質問には答えないのか。

図星だな。

「ハル、キャロ。これから猫の前で着替えたりするのは禁止な。どこに猫漫画使いの猫が潜んでいるか、わかったもんじゃない」

『猫使いだ！　それより、聞け。猫使いの情報網は広い。ケット・シーは世界中の隠れ里に住んでいて、あいつらが独自の情報を集めているからだ。ほとんどは、『山のネズミが減った』とか『今年は嵐が多くて不漁だったから、魚の値段が去年の二割増し』だとかくだらない話ばかりだが、たまにとんでもない情報を掴み、猫鈴通信を使って世界中の猫使いに送ってくる。その情報によると、明日、ツァオバール軍の兵一万二千がマレイグルリを包囲するという』

「確かなのか？」

『あいつらの情報はバカなものが多いが、ガセは一度もない。勇者先生にも、今回のＤ《同人誌》はいらないから避難するように伝えてくれ。悪い、ＭＰがそろそろ切れ――』

猫漫画使いの通信が切れたらしい。

猫は不思議そうに首を傾げると、台所に置いてある猫用の水をマイペースに飲み始めた。

「一万二千の軍。普通なら、猫漫画使いの情報だしな……と信用したくないところだけれども」

通信だったせいで、思考トレースを使っても猫の感情を読み取ることはできなかったから、スキルによる真偽の判定はできない。

でも、今回の件、タルウィの話と合致する。

マレイグルリの破滅――か。

「ご主人様、どうなさいます？」

はぁ。もう、戦争とか軍とか面倒だから、いますぐ町を出てミリを追いかけたい。

しかし、ミルキーの本を手に入れるには、そうするわけにもいかないか。

【イチノジョウ様、ラエルです。先ほど、悪魔族の少女が目を覚ましました。いまは落ち着いていますが、このままではすぐに混乱状態になります。いますぐ来ていただければ助かります】

そうか、目を覚ましたのか。

「悪魔族の女の子が目を覚ましたらしい。軍が動いた件については、俺の口から町にいる人に伝えても、信用されないか混乱になるだけだろうな。ハル、鈴木の匂いを追って、できるだけ早く伝えてもらってもいいか？　タルウィのことも一緒に頼む。ただし、査察官――は会ったことがないのか。変な笑い方をする太った男と一緒にいるときは、近付かなくていい。俺はその間にマイワールドに行って、悪魔族の女の子の治療をする」

「はい、お任せください」

ハルはそう言うと、台所の勝手口から外に出た。

俺とキャロは自分たちの部屋に行ってから、マイワールドに戻る。

「お待ちしておりました、マスター」

今日はピオニアが迎えにきてくれた。

悪魔族の女の子は家にいた。

茶色い髪で、肌の白い少女だ。

ここは俺の住んでいるログハウスではない。石造りの家だ
「………こんな家、あったっけ？」

「否定します。急遽建築しました。ゲストハウスです」

「わざわざ作ったのか……」

彼女は帯で縛られていて、ラライエルとルリーナ、ニーテの三人が見張っていた。

少女は恨めしそうに俺を見る。

「待たせたな。状況はわかっているか？」

「状況は聞いている。あなたを殺そうとしたことも、少し覚えている」

「なら、そんな目で俺を見ないでほしいな。俺はあんたの敵じゃない。俺の名前はイチノジョウだ。あんたは？」

「フルート」

「そうか……フルートか。ルリーナ、準備はできているな」

ルリーナが頷く。

「フルート、パーティ登録をさせてもらうぞ」

「選択肢はないのだろ？　好きにしろ」

彼女が頷いたので、ルリーナが早速フルートを一時的にパーティに入れた。

「ステータスを見せてもらうぞ」

「好きにどうぞ」

投げやりな態度で彼女は言った。

「ステータスオープン、フルート」

…………………………………………

名前：フルート
種族：悪魔族
職業：邪狂戦士ＬＶ１２

ＨＰ：２１９／２２０
ＭＰ：２３／８０
物攻：２９９
物防：５１
魔攻：３３
魔防：２４
速度：１９５
幸運：０

装備：麻服　布靴　ダークエルフの帯
スキル：【投石】【槍装備】【俊足】【飛翔】【幻影魔法】【羽休め】【剣装備】【斧装備】【破壊】
固有スキル：【背水】【狂乱化】【同族殺し】
取得済み称号：なし
転職可能職業：邪狂戦士ＬＶ１２　盗賊ＬＶ１　狂戦士ＬＶ１　贖罪者ＬＶ１
…………………………………………

やはり、攻撃と速度はかなりのものだ。
狂乱化でステータスを増強させたら、かなり強くなる。
それに、背水――ダメージを力に変えるスキルとみて間違いない。
投石は平民のスキルとみていいだろうが、飛翔か。
悪魔族は、空を飛ぶこともできるのだろうか？
幻影魔法は、おそらく翼や角を隠すために使っていた魔法だろう。
キャロの魅了変化のようなものだろうか？
犯罪職になったせいで、通常の職業への変更はできないか。
とりあえず、贖罪者に転職させる。
「当面は、これで大丈夫だ」

「……いったい、なにをした。力が抜ける」

「自分のステータスを見たらわかるよ。お前のために、したことだ」

「……ステータスオープン」

フルートは懐疑的な目で俺を見つつも、自分のステータスを確認する。

「……なっ⁉」

どうやらフルートは、自分の職業が贖罪者になっていることに気付いたらしい。

「いったい、なにをした？」

「悪いが、教えることはできない。そして、事後承諾になるが、しばらくの間、フルートにはここにいてもらう。衣食住は保証するし、普通の生活に戻れるように、贖罪者のレベル上げも手伝うつもりだ。ただ、お前が生きていることがバレたらまずい。あと、ここのことを、ほかの誰かに話されても困るんだ」

「確かに、滅んだと噂されているダークエルフが、生きていることを知られるわけにはいくまい」

それだけじゃないんだよな。

マイワールドのことも、知られるわけにはいかない。

「フルート。家族はいるか？　とりあえずなにかいい方法を考えるから、お前が生きていることくらいは知らせられるぞ」

「言うわけないだろ」

「なんでだよ。家族が心配しているだろ」

せめて、無事だけでも知らせたら安心するじゃないか。

「イチノジョウ様。悪魔族は人間族《ヒューム》のなかに交じって生活をしています。イチノジョウ様のことを完全に信用していない状態で、家族のことを聞き出すのは難しいと思います」

そうか。どこから情報が漏れるかわからないだろうから、言えるわけはないか。

実際、今回の事件で悪魔族であることが発覚した者は、教会に送られてしまったと聞いている。

「悪い。俺の思慮が足りなかった」

俺は謝罪し、帯を解く。

「ララエル。フルートを案内してやってくれ」

「いいのか？　逃げるかもしれないぞ」

「逃げられるものなら逃げてみろ。ただ、危険な場所もあるから、先に話くらいは聞いておけ」

マイワールドから脱出する手段は、俺とハルしか持っていない。

逃げようと思って逃げられるものではないし、贖罪者である彼女のステータスは無職にも劣る。

たとえ彼女が武器を使って不意を突いたとしても、殺せる人はここにはいない。

「……あぁ、そうだ。これだけは教えてほしい。狂乱化の呪いが発動するための文言《ワード》は、結局なんだったんだ？　世界のきゅう……とか聞こえたけれど」

「世界の救済……確か、あの男はそう言った。それを聞いて、私の精神は破壊された」

「世界の救済……」

タルウィが言っていた言葉だった。

世界の破滅と救済。
そして、世界の終焉。
いったい、これはどういう意味なんだ。
世界規模の話なんて、俺となんの関係があるっていうんだよ。

幕間　見えない空と見える未来

そこがどこの雲の上なのか、楠ミリにはわからない。

せめて太陽が見えれば、星が見えれば方角がわかるのだが、唯一あった窓も、現在は木の板で塞がれている。

オシャレな部屋に合わないその木の板は、突貫工事によるものだと推測できた。

「どう？　食事、あんまり食べていないみたいだけど。シェフがあなたのために作った料理よ。しかも、今日はお母さん風お弁当なのに」

ダイジロウが、最近のミリの食欲不振について言及する。

まったく食べていないというわけではないが、半分以上は残していた。

「この船にシェフは乗っていないでしょ。レストランで購入して、アイテムバッグに入れたものじゃない」

「便利だから、それでいいじゃない。せめて、ご飯だけは食べてね。ほら、のりたまふりかけも、わざわざ用意したんだから」

ダイジロウはそう言って、ミリのお弁当箱に残っていたから揚げを摘み、口に運ぶ。

彼女がから揚げを飲み込んだのを確認してから、ミリはおもむろに口を開いた。

「それ、さっき床に落としたから揚げよ」

「え？　うそ」

「うそ」

　僅かな沈黙が流れ、

「……ファミリスは意地悪になったね」

　ダイジロウはそう言って、ため息をついた。

　そして、たこさんウィンナーを食べる。

「こんなところに閉じ込められたら、意地悪にもなるわよ」

「それで、ファミリス。あのメッセージの意味はなんなの？　ミルキーの本を買えって。あのラムネのビー玉のメッセージを見て、ミルキーの本を確認したけれど、特に変わった内容はない、ただのＢＬ漫画だった。だから、私は即売会で売ることも許可した」

　ダイジロウは指を舐めてからウェットティッシュで拭い、ミルキーの本をアイテムバッグから取り出した。

　若い男同士のＲ―１８展開はダイジロウは嫌いでないらしく、少し見入っていた。

「当然よ。あの本に意味はないわ。あれは、おにいを明日までマレイグルリにいさせるための方便だもの。完全に嘘ってわけじゃないけれどね」

「方便？　なんのために？」

「明日、ツァオバール軍一万二千が、マレイグルリへ向けて侵攻を開始する」

「国王軍が自国の首都に攻撃するっていうのっ⁉　例のマレイグルリの破滅ってこと？　もしかし

て、あの子がその侵攻を止めるための鍵だっていうの？」

「まさか。おにいがどう動いても侵攻は止まらない。おにいの役目はもっと別にある」

ミリはそう言って、お弁当箱に入っていたふりかけの封を切った。

「おにいには、世界の救済の役目がある。破滅を回避するための役目、世界の終焉を回避するための役目が」

砂時計の砂のようにこぼれていくふりかけを見ながら、彼女は言った。

「待って、ファミリス。あなたの未来を見る能力は、数秒先までだったはず。でも、いまのあなたの言葉はまるで……」

ダイジロウはなにかに気付き、そして尋ねた。

「ファミリス。あなた、どこまで見えているの？」

その問いに、ミリは答えない。

ミリは窓の外に目を向けようとした。

でも、木の板しか見えなかった。

エピローグ

マレイグルリの門は、通常十八時に閉門して、出入りが完全に禁止される。しかしその日、正門を含めたすべての門が、一時間早い十七時に閉ざされた。

町を出ようとしていた者は衛兵に理由を尋ねたが、防衛上の理由としか教えてもらえない。町に入ろうとしていた者がどうなったのか、町の中からはわからない。

少し混乱は起きたものの、町の中にいる者たちは、翌朝になればいつもの日常が戻ってくることを疑っていないらしく、普段の生活に戻っていった。

事情を知らない人間たちは。

「……楠君の話、最初は信じられなかったけれど、本当みたいだね。僕も庁舎に行って閉門の理由を尋ねたけれど、副市長さんはなにも教えてくれなかったよ」

鈴木の家で、彼は困ったように言った。

マイワールドから戻ってきた俺は、今日起きたことを鈴木に説明した。

すると、鈴木は血相を変えて庁舎に確認に行ったのだけれども、よくない結果だったようだ。

男爵の質問にも答えられないような異常事態が起きている。それだけで十分だったらしい。

「はぁ……一万二千の軍に、タルウィさんが言うマレイグルリの破滅。それに査察官が関わっているってことは、今回の件は狂乱化の呪いに関わりがあるのかな。もう頭が混乱してきたよ」

「混乱するのは俺も同じだ。はぁ、こういうとき、ジョフレとエリーズがいたら少しは場が和むと思うんだけど……。あいつら本当にどこに行ったんだ？」

「ケンタウロスがいるから。大丈夫だと思うけどね」

鈴木はそう言って苦笑した。

むしろ、ケンタウロスがいるから不安だと思うんだけどな。


ジョフレとエリーズは、現在、鈴木の家の倉庫の地下に入口があった、謎の遺跡の調査を行っていた。調査といっているが、別になにを調べているわけではなく、とにかく歩いている。

かつてダンジョンだったらしいその遺跡は、魔物はいなくても明かりは残っており、松明《たいまつ》がなくても奥に進むことができた。

「見て、ジョフレ！　食べられそうな茸があったよ！」

「こっちもだ！」

ジョフレとエリーズは、赤い茸と青い茸を採取する。

当然、どっちも毒茸だ。

ジョフレとエリーズは、採取してきた茸を、大きな扉の前で待っているケンタウロスの前に置いた。

ケンタウロスが、ジョフレとエリーズを助けにきてくれたのは数日前のことだが、なぜか扉の前に座り込むと、動かなくなってしまった。

そのため、ジョフレとエリーズが食べ物を運んでいる。

ケンタウロスは運ばれてきた毒茸を食べたが、動く気配はない。

最初は、ケンタウロスを引っ張ったり押したりして動かそうとしていたジョフレたちも、すでに諦めモードで食事をしていた。

干し肉だ。

肉以外の食事はすでにケンタウロスの腹の中に収まったので、干し肉しか残っていなかった。

「美味しいね、ジョフレ」

「そうだな、エリーズ。でも、そろそろ水がなくなりそうだぞ」

「補給に戻らないといけないね。そうだ。戻ったら、ジョーにもこの場所を教えてあげようよ。ジョーもきっと喜ぶと思うよ」

「それは名案だな！　皆を呼んでピクニックをしよう！」

「ピクニック⁉　楽しみ！　サンドイッチとおにぎりを作ろうね」

「知ってるか？　エリーズ。この町では、おにぎりには黒い紙を巻くんだぞ」

「え？　そうなの？　なんで黒い紙じゃないとダメなの？　赤はダメなのかな？」

「赤い紙はダメなんだ。赤い紙っていうのは、この町の人にとっては、これから戦います！　っていう意味なんだそうだ」

「そうなのっ⁉　それはピクニックには向かないね」

「だろ？　だから黒い紙がいいんだ」

「あ、ジョフレ！　赤より黒がいいのなら、干し肉を巻いたらいいんじゃない？　お肉って、もともと赤いのに、干し肉になったら黒くなるでしょ？　それを巻いたら、戦いはやめて皆で美味しくピクニックしましょうっていう意味にならないかな？」

「それはいいな！　でも、干し肉は硬いからご飯に巻くには合わない……そうだ！　焼いた肉を巻けばいいんじゃないか？」

「うん、いいよ、ジョフレ！　とっても美味しそう！」

それは、この世界に肉巻きおにぎりの概念が生まれた瞬間だった。

そのときだ。

興奮しているエリーズの手から、干し肉がこぼれ落ちた。

「あ、私の干し肉が……あれ？」

「大丈夫か……ん？」

エリーズが落とした干し肉――その近くに小さな窪みがあった。

特別な形のその窪みを見て、ジョフレとエリーズは思い出す。

「ねぇ、ジョフレ。この形って、もしかして」

「あぁ、これだ！」

ジョフレは、アイテムバッグの中から勾玉を取り出した。

かつて見張りの塔で見つけた、魔王ファミリス・ラリテイが遺した道具だ。

「エリーズ、俺は気付いたんだ。マレイグルリは、魔王城があった場所からとっても近い」

「うん、近いね。お隣さんだね」

「つまり、この勾玉は、本当はここに嵌めるための鍵じゃないか？　魔王の本物の遺産は、この奥にあるんだ。そもそも、この勾玉、質屋に売ろうとしても、一センスだって言われたし。あれが魔王の遺産っておかしいだろ」

「うん。ジョフレは、質屋さんに売ろうかどうか、一時間くらい考えていたもんね。結局、悩んでいる間にお店の壺を壊して怒られたよね」

「あれは怖かったな。きっとあの店主は、名のある狩猟者に違いない」

ジョフレとエリーズの話は、相変わらず明後日の方向に広がる。

なぜか、ステーキと焼き肉の違いについて語り合っていた。

そして、三十分後。

「なんの話をしていたんだっけ？」

「なんの話だっけ？　家に帰る話じゃなかった？　喉が渇いたから」

「そうだったな。喉も渇いたし」

ふたりはそう言って立ち上がり、

「でも、ジョフレ。ここに戻ってこられるかな？　ケンタウロスがいないと、私たち道がわからないよ」

「安心しろ。目印を置いていけばいいんだ。それなら、家に帰ってからもう一度、ここに戻ってこられるぞ」

ジョフレが名案だといわんばかりに言った。

エリーズも、「凄い、ジョフレっ！　天才っ！」と、ジョフレを褒め称える。

それでは、ここから鈴木の家に戻る道がわからないままなのだが、ふたりは気付いていない。

「じゃあ、ここには目印として、これを置いていこう」

ジョフレはそう言って、勾玉を窪みに嵌めた。

ふたりが家に帰ろうか、そう思ったときだった。

巨大な扉が音を立てて、奥へと開いた。

「……凄い……もしかして、これが魔王の遺産なのか！」

「そうだよ、ジョフレ！　それに、奥から水の音が聞こえるよ！」

「飲み水かっ！　急げ、エリーズ！　宝と水が俺たちを待っているぞ！」

「うん、ジョフレ！」

ふたりは喜び、奥へと進む。

【ありがとうございます】

女性の声が聞こえた気がした。

エリーズは振り返ったが、そこには、立ち上がってゆっくりとついてくるケンタウロスがいただけだった。

「エリーズ！　湧水を見つけたぞ！」

「本当⁉　すぐに行くよ」

エリーズは気のせいだろうと思い、ジョフレの声がしたほうに向かって走っていった。


朝靄が、マレイグルリ周辺を包む。

外壁の上から周辺を見回しても、普段ならばなにも見えず、門も閉ざされているため、退屈な時間が続くはずだった。

しかし、その時間は突然破られる。

朝靄の中に影が見えたのだ。

開門時間まで、あと二時間もある。

近隣の町からの行商人は、こんな時間にマレイグルリに来ることはない。

旅人だろうか？　それにしては人数が多い。

最初、見張りは商隊かと思った。しかし、そうではない。

彼は気付いた。

彼らが掲げているのは、この王国軍の旗——ツァオバールの軍旗であると。

そして、その数は自分が思っていたよりも、遥かに多いということを。

軍がこの町に立ち寄る報告は受けていない。ましてや、あの規模の兵が来ることなど。
彼は異常事態発生の警鐘を鳴らした。
その鐘がマレイグルリにとって、最悪を告げる鐘となった。

（第十一巻　了）

特別企画

成長チートでなんでもできるようになったが、無職だけは辞められないようです

キャラクターガイド

ちり氏によるキャラデザとともに
「成長チート 11」キャラをご紹介！
Illustration：ちり

「……私は、日本人をこの世界に召喚することができます」

テト

＊生命の女神。女神のなかで唯一、自分の迷宮をひとつしか持たず、いつも本を読んでいる。
＊意外な事実をイチノジョウに告げる。

あとがき

二〇二〇年、オリンピックイヤー一発目の『成長チートでなんでもできるようになったが、無職だけは辞められないようです』をお買い上げくださいまして、ありがとうございます。

本編を読んだ方はわかると思いますけれど、今回は『成長チート～』初の前後巻になっています。なので、これまで以上に語れることはありません。

だというのに、なぜか今回に限ってあとがきが三ページもあります。これは、担当から私、時野洋輔への新たな挑戦ということで、受けて立つ覚悟です。

まず、お知らせです。

なんと、私の作品『異世界でアイテムコレクター』が漫画になったのです。たぶん、この本が発売される頃には『Ｃｏｍｉｃ Ｗａｌｋｅｒ』様にて連載されていると思います。


～『異世界でアイテムコレクター』の簡単なあらすじ～

異世界は深刻な食糧危機に瀕していた。それを危惧した大魔王の娘、ルチミナ・シフィルは最終手段として、自己増殖型食糧兵器——通称ルシル料理を生み出すこととなった。これで食糧危機が壊滅したと思いきや、増殖を繰り返したルシル料理には自我が芽生え、人類に対し、料理の料理による料理のための独立国家、メシラニカを樹立することにした。

そんな世界で生まれた一・五リットル入りコーラの子供、五百ミリリットルペットボトルのコーラのコーマは考えた。

料理や飲み物にとって一番の幸せは、料理として自由に生きることではなく、人に食べてもらうことなのではないか？　彼はそう決意し、人間の国に旅立ったのだが、そんな彼のもとに最大の危機が訪れる。

まさか、コーマの中にメ○トスを入れて遊ぶ子供がいるだなんて。

いま、メ○トスを入れられたコーマの怒りが噴火する。


……はい、ごめんなさい、嘘です。そんなあらすじではありません。
※※コーラの中にメ○トスを入れるのは、危険ですのでやめましょう※※

本当のあらすじが気になる方は、是非、連載されている漫画を読むか、もしくは好評発売中の『異世界でアイテムコレクター』全五巻（モーニングスターブックス）をお買い求めください。

そうそう、メ○トスといえば、私は二百円入れて、五個から八個もらえるメ○トスの自動販売機が好きなんですけど（店によって値段と個数が変わったりします）、わかる人いますかね？　普通にコンビニでメ○トスを売っていても買わないのに、あれだとついつい買ってしまうんですよ。それで、たまに、表示されている個数より多く出てくることがあるんだけど、味が偏ってしまって、コーラ味のメ○トスが欲しいのに、なぜかマンゴー味ばかり出てくるってことがあるんです。いや、マンゴー味が嫌いってわけじゃないんだけどね。でも、それ以上にコーラ味が好きなんです。

ほら、私ってコーラ味のグミが好きなので、その関連で。

前に、六個中四個がマンゴー味だったことがあって、なに、この偏り？　この確率の偏りが宝くじでいい方向に働いたら、ギャンブルで大儲けできるんじゃないかな？　って思うわけですよ。

でも、考えてもみれば、私たち人類は、こうして生まれてこられたのは天文学的な確率の恩恵なわけですから、それを考えれば、六個中四個どころか、六個中六個マンゴー味だったとしても不思議ではないんでしょうね。

話が綺麗にまとまった（？）ところで、謝辞に移ります。

ちりさん、今回も素敵なイラストをありがとうございました。ちりさんの描いた女神様がとうとう六柱揃いました。担当編集様、年末年始進行でいろいろとお手間をおかけしてすみません。

そして読者の皆様。二桁を超える作品、ここまでお付き合いくださいましてありがとうございます。次巻も是非、このあとがきでお会いできたらと思います。

次巻は久しぶりに真里菜が登場します。

時野洋輔

特別おまけ　あとがき劇場α

アルフ「『成長チートでなんでもできるようになったが、無職だけは辞められないようです』第十一巻をお買い上げくださいまして、まことにありがとうございます。主人公と作者に代わってお礼申し上げます」
イチノ「誰っ⁉　アルフって登場人物いたっけ⁉　『異世界でアイテムコレクター』の登場人物ってわけでもないよな」
アルフ「私は女神テト様に仕えるホムンクルス、アルファと申します」
イチノ「……あぁ、今巻が初登場で、ほとんど台詞もなかったアルファさんか。だから今回は、あとがき劇場α《アルファ》なのか」
アルフ「はい、その通りです。今回は、マレイグルリ前後編ということで、次巻に続く形で終わっています。詳しくはネタバレになりますので、本編をご覧になってください」
イチノ「…………」
アルフ「イチノジョウ様、どうなさいましたか？」
イチノ「いや、あまりにも普通の始まりに、びっくりしている。ニーテやシーナ三号なら、ここで二、三回くらいボケてきて、ツッコミが間に合わないのに」
アルフ「そういうものですか。まあ、おまけのコーナーですから、そういうニーズもあるものと思います。ニーテさんやシーナ三号さんとお会いしたことはございませんが、必死に役目をまっとうしようとなさっているのではないでしょうか？」

イチノ「まぁ、堅苦しい話をする場所じゃないっていうのは確かですね。そうだなぁ、アルファさんの細かい情報とかはありますか？」

アルフ「家族構成ですが、妹にはベータとイプシロンがいます……という感じですか？」

イチノ「ガンマとデルタはどうしたのか気になりますけど。まぁ、そのような感じです」

アルフ「……あまり面白くありませんね」

イチノ「まぁ、普通の会話ですからね……（ボケキャラがいないと話が展開しづらいな）」

アルフ「では、今巻に名前だけ登場した、即売会に関する話はどうでしょう？」

イチノ「あぁ、即売会ですか。なんか変な話になりそうですけど」

アルフ「まず、注意事項です。この作品の作者は、コ○ックマーケットや文○フリマといったイベントに参加したことは、一度もありません。よって、今後登場するであろう即売会の様子はすべて想像であり、実際のイベントとは大きく異なる可能性があります」

イチノ「読者によっては、ツッコミたい要素がいろいろとあるかもしれませんね」

アルフ「そもそも、同人誌を語るなら、この世界の紙の事情を語ったほうがいいですね。この世界には、羊皮紙と植物紙の二種類があります。役所などではいまだに羊皮紙が使われていますが、植物紙がこの世界で発明されて七十年、徐々に世界中に広がっています。紙を大量に使う本などには植物紙が使われ、庶民でも手を出せるようになりました。インクと紙の発明のお陰で、この世界の識字率は、大都市ならば八割を超えるようになりました。小さな町なら四割くらいでしょうか」

イチノ「大都市でも八割なのですか」

アルフ「大都市にあるスラムでは、教育が行き届いていませんからね。村長以外文字を読むことができない村落もありますから、八割というのはかなりの割合ですね。ハルワタートさんは幼い頃に魔王城で教育を受けていましたし、キャロルさんは親が行商人のため、幼い頃から文字の練習をしていたでしょう」

イチノ「俺は共通言語把握があるから助かってます……あの、これ、即売会の話ですよね？ 同人誌の話とかしないんですか？」

アルフ「必要ありません。漫画の同人誌については、禁書とするというのが女神四柱の総意です」

イチノ「そういえば、同人誌は禁書扱いされていたんだった。でも、女神様が二柱足りませんが」

アルフ「主神であるテト様は仕事があって、女神の会議に出席することはありません」

イチノ「もうひとりは？」

アルフ「トレールール様は、重要な会議以外は、いろいろと言い訳をして欠席なさいます」

イチノ「……コショマーレ様やライブラ様が心労なさる様子が目に浮かびます。でも、意外でした。ミネルヴァ様は会議には真面目に出席なさるのですね。会議に出てくるお茶請け目当てだったりして」

アルフ「…………」

イチノ「あの、冗談ですから、無言でこっちを見ないでください」

アルフ「いいえ、ミネルヴァ様の目当てはライブラ様のカレーですから、カレーをお茶請けと呼んでいいのか悩んでいたのです」

イチノ「……真面目ですね」

アルフ「痛み入ります」

イチノ「あの、そろそろあとがき劇場を締めましょうか？」

アルフ「はい。本来ならば次巻の予告をするのですが、次巻は今回の続きです。次巻のことを語れば、今巻のことにも触れてしまうので、特に喋ることはありません」

イチノ「あの、ここは適当に、嘘の次回予告とかでもいいですよ？」

アルフ「語られる内容は、すべて真実であるべきだと思います。文字に起こすならなおさらです」

イチノ「間違っちゃいないけど、やりにくいな。できることだけでいいですから」

アルフ「では、次巻は第十二巻で、久しぶりに真里菜さんが登場します」

イチノ「やればできるじゃないですか……ってあれ？　この内容どこかで聞いたような。具体的には数ページ前で」

アルフ「はい、作者のあとがきの内容から抜粋させていただきました」

イチノ「……次巻は、もっとやりやすい相手と話したい」

◆コミック版も絶好調！「小説家になろう」発の人気シリーズ、
第12巻ただいま制作中!!
2020年夏発売予定！
成長チートでなんでもできるようになったが、無職だけは辞められないようです 12
時野洋輔
イラスト：ちり
定価：本体1,200円+税

成長チートでなんでもできるようになったが、無職だけは辞められないようです 11

2020年3月22日 初版発行

【著　　者】時野洋輔

【イラスト】ちり
【編集】株式会社 桜雲社／新紀元社編集部／堀 良江
【デザイン・DTP】株式会社明昌堂

【発行者】福本皇祐
【発行所】株式会社新紀元社
〒101-0054　東京都千代田区神田錦町1-7　錦町一丁目ビル2F
TEL 03-3219-0921 ／ FAX 03-3219-0922
http://www.shinkigensha.co.jp/
郵便振替　00110-4-27618

【印刷・製本】株式会社リーブルテック

ISBN978-4-7753-1818-8

※本書は、「小説家になろう」（http://syosetu.com/）に掲載されていたものを、改稿のうえ書籍化したものです。